Decamerone Londonien

Herstellung und Verlag:
BoD – Books on Demand, Norderstedt
Copyright: 2017 Karl Heinz Landenberger
ISBN 978-3-7460-0750-2

Une journée à Londres

I like London (1.1)

C'est une ville imprégnée d'histoire comme aucune autre.

Dès le premier jour de mon séjour, je me rendis à Hyde Park pour m'y promener. Je commençai ma promenade en passant près du Lancaster Gate. J'avais loué un appartement dans les environs. Les parcs londoniens sont des lieux incontournables. Le climat humide avait coloré l'herbe d'un vert saturé que je ne connaissais que du paysage préalpin. Le parc grouillait d'hommes et de femmes qui faisaient leur footing ; presque tous étaient jambes nues, alors même que l'hiver approchait. Toutefois, les températures étaient encore très agréables.

Les Londoniens sont férus de chiens : ils en promènent jusqu'à six, tenant trois laisses dans chaque main. Et pour autant, on ne trouve aucune crotte. Les Anglais sont disciplinés. Contrairement aux Français, notamment dans le sud du pays, sur la Côte d'Azur, où le sol des lieux de vacances les plus prisés est jonché de déjections.

Les feuilles étaient encore accrochées aux arbres, de nombreux arbustes étaient en fleurs et les cyclamens s'épanouissaient non loin. Traversant les magnifiques jardins à l'italienne et contournant les charmants bassins, j'atterris finalement au Speakers' Corner. J'aurais voulu être photographe pour immortaliser toutes ces beautés et les publier dans un livre que j'aurais appelé *Impressions de Londres*. Tout ce que j'avais vu auparavant à la télévision ne me paraissait guère égaler la splendeur que j'étais en train d'admirer ici, *in natura*.

Speakers' Corner

Je le remarquai immédiatement. Il se trouvait avec un petit groupe de personnes qui écoutait un homme tatoué sur tout le corps et le regardait se déshabiller petit à petit, exhibant tous ses tatouages. Il s'exclamait et répétait en criant : « I'm a human being », alors que personne ne remettait en question cette affirmation.

J'avais moi aussi certainement attiré l'attention de cet auditeur que j'avais remarqué, car il vint vers moi et me demanda quelque chose ; non pas d'où je venais, ni comment je m'appelais, mais comment je trouvais la prestation de l'orateur. À vrai dire, je n'aime pas les tatouages. Je n'arrive tout simplement pas à comprendre comment quelqu'un peut être capable de dénaturer son corps. Je n'avais pas grand-chose à dire à propos de ses déclarations. L'homme tatoué parlait des quatre libertés que l'Homme devait avoir selon le président américain Franklin Delano Roosevelt et pour lesquelles les soldats américains sont partis combattre pendant la Seconde Guerre mondiale.

Bohemians of Bigger London

L'inconnu qui m'avait abordé s'y connaissait mieux que moi. Il était capable de me dire que les tatouages que portait cet homme étaient inspirés du peintre américain Norman Rockwell. Il me raconta aussi que cet individu faisait ce spectacle depuis des années et qu'il le connaissait personnellement. Ils étaient tous les deux membres d'un groupe informel de « Bohemians of Bigger London », travaillaient occasionnellement ensemble et organisaient des représentations et des événements dans des cafés et des bars.

Le rôle de ma nouvelle connaissance consistait avant tout à raconter des récits, des anecdotes, des blagues et surtout des histoires farfelues. Il était très doué pour les langues ; il en parlait d'ailleurs

plusieurs et était capable de narrer des histoires dans presque toutes les langues. C'est pour cette raison qu'on l'appelait « Tusitala, le conteur de mille histoires ». Un nom qui avait été donné autrefois à l'auteur de *L'Île au trésor* par les habitants des Samoa, où il finit ses jours.

Hyde Park

Tandis que nous bavardions, nous longeâmes le lac Serpentine, passâmes par l'Albert Memorial, continuâmes en direction du magnifique Kensington Palace, où la Reine Victoria – qui donna son nom à une toute autre époque – résida autrefois, et arrivâmes devant la fontaine commémorative de Diana, princesse de Galles. Nous contemplâmes également la statue de Peter Pan avant de revenir finalement à mon point de départ, le Lancaster Gate. Nous étions tellement plongés dans notre conversation que nous poursuivirent notre promenade et retournâmes pour finir au Speaker's Corner.

Conversations politiques (1.2)

Liberté de vivre à l'abri de la peur

Notre conversation tournait autour des quatre libertés : la liberté d'expression, la liberté de religion, la liberté de vivre à l'abri du besoin et la quatrième liberté, celle de vivre à l'abri de la peur. Cette quatrième liberté était une promesse du président américain faite à l'humanité : créer un monde sans crainte dès que la paix serait revenue après la Seconde Guerre mondiale. Il avait promis cette Pax Americana à une période où les États-Unis ne s'étaient pas encore engagés dans la guerre. La promesse qu'il n'y aurait plus jamais de guerre, que la paix éternelle devait régner, qu'Hitler serait vaincu. La promesse d'une paix mondiale menée par les Américains. Mais pour cela, les États-Unis devaient entrer en guerre.

L'entrée en guerre

Churchill avait hâte de voir les États-Unis entrer en guerre, car après la défaite de Dunkerque et la capitulation de la France, l'Angleterre n'était plus capable de poursuivre la guerre sans l'aide des Américains. En revanche, le peuple américain n'avait aucune envie de s'engager à nouveau dans une guerre mondiale comme en 1917. Toutefois, pour Churchill, il était évident que l'Angleterre ne pouvait gagner une guerre qui serait européenne. Elle ne pouvait que remporter une guerre mondiale, aux côtés des États-Unis. Roosevelt lui avait déjà promis en 1932 : « Nous anéantirons l'Allemagne, et cette fois-ci, définitivement. »

Norman Rockwell

Pour illustrer cette quatrième liberté, le peintre américain a peint un tableau mystérieux. L'homme tatoué le portait sur sa poitrine, et ce à l'endroit le plus visible. Un jeune garçon et sa petite sœur étaient allongés, côte-à-côte, dans un lit, malades. Père et mère se tenaient à côté et s'occupaient de leurs enfants endormis.

Interprétation

Les parents qui veillent sur leurs enfants représentent les deux puissances mondiales : l'Oncle Sam et Britannia. Tout comme les enfants peuvent avoir une confiance totale, l'ensemble de la société n'a aucune raison de craindre ces deux puissances. Ils protègeront tous les peuples. Mais pour cela, ces derniers doivent d'abord être désarmés afin qu'ils ne puissent plus se battre. Un monde sans armes ne pourrait plus causer de guerres ; le salut et le bien-être, quant à eux, ne seraient plus garantis que par les États-Unis et la Grande-Bretagne. Le désarmement concernerait en premier lieu l'Allemagne : « Plus jamais un Allemand ne tiendra une arme dans sa main. » Puis, ce sera au tour du Japon de capituler sans condition et de renoncer à tout armement militaire.

Peu à peu, toutes les autres puissances devront être démilitarisées.

La Charte des Nations unies

Cette idée est également exprimée dans la Charte des Nations unies, élaborée en 1941 par Churchill et Roosevelt. Entre le 9 et le 12 août de cette année, les deux chefs d'État se sont rencontrés, dans le plus grand secret, sur le bateau de bataille HMS Prince of Wales dans la baie de Plaisance, près de Terre-Neuve. Juste avant cela, Hitler avait renversé l'Union soviétique. Les deux hommes partaient donc du principe que le chef du parti nazi vaincrait et qu'ils pourraient ensuite facilement réduire à néant l'armée allemande affaiblie. D'autant plus que l'armement que Roosevelt avait commencé à déployer en 1932 et qui constituait alors le plus puissant qu'un État n'avait jamais mis en place, serait opérationnel en 1942 selon la « règle des dix ans ». Le paragraphe 8 dit : « Nous sommes convaincus que toutes les nations du monde, pour des motifs aussi bien réalistes que spirituels, devront finir par renoncer à l'usage de la violence. Puisqu'à l'avenir aucune paix ne saurait être durable tant que les nations qui menacent de commettre des actes d'agression continueront à disposer d'armements, nous sommes convaincus qu'il est essentiel de désarmer ces nations. En outre, nous entendons encourager toutes autres mesures susceptibles d'alléger, pour les peuples pacifiques, le fardeau des armements. »

Apolitique

Je ne pouvais qu'écouter Houston. Il me racontait tant de choses nouvelles. J'ai moi-même été élevé dans un environnement totalement apolitique, comme toute ma génération. Je savais seulement qu'il n'y aurait plus jamais de guerre après la défaite d'Hitler. J'en étais convaincu. Il était inimaginable qu'un fou entraîne à nouveau le monde dans une telle guerre d'anéantissement comme il l'a fait. Hitler était un cas unique, c'était évident. Tous mes camarades de classe pensaient comme moi, et mes professeurs le disaient aussi.

Je trouvais très altruiste de la part des Américains de vouloir nous protéger de façon désintéressée et qu'ils prennent à leur charge entière la responsabilité de l'armement. Je fis part de cette réflexion à mon nouvel ami. Il n'était pas vraiment du même avis. Aujourd'hui, je ne le suis plus non plus. « Plus jamais de guerre », c'était une promesse vide des alliés. En disant cela, ils dissimulaient seulement leur aspiration à devenir les seuls maîtres du monde.

Rêve et réalité

Cependant, la guerre ne se déroula pas tout à fait comme Churchill et Roosevelt l'avaient imaginé. Le bolchévisme ne fut pas écrasé et Staline en sortit plus fort, vainqueur de cette guerre. C'est lui qui envahit Berlin, non les Américains ou les Anglais. Il occupa le centre de la capitale et leur céda de son plein gré seulement quelques secteurs à l'ouest de la ville.

Dans le Pacifique, Tchang Kaï-chek n'était pas parvenu à vaincre les Japonais. Les États-Unis durent intervenir eux-mêmes pour les vaincre. Le généralissime perdit même la Chine continentale, conquise par le nouvel allié de Staline, Mao Tsé-toung, dans une « longue marche ». Le bolchévisme s'imposa donc également à l'Est. Il ne resta à la République de Chine que la petite île de Taïwan, autrefois appelée Formosa.

De la guerre ressortirent deux nouvelles puissances mondiales avec lesquelles les États-Unis et la Grande-Bretagne durent partager l'hégémonie mondiale. Tous deux durent accorder le même droit de véto aux Nations unies. Ils n'étaient plus seulement deux, mais quatre à avoir leur mot à dire. Cela signifiait que la guerre pour la suprématie allait continuait, s'éloignant toujours un peu plus de la paix éternelle.

La guerre eut pour seul résultat la destruction totale de l'Allemagne et du Japon.

L'opération Unthinkable

Churchill l'a reconnu : « J'ai tué le mauvais cochon. » Il voulait déjà reprendre la guerre seulement un jour après l'armistice en mai 1945. Il fit regrouper les armes des plus de cinq millions de soldats allemands emprisonnés. Elles devaient leur être remises pour qu'ils puissent continuer la guerre contre les Russes ensemble, aux côtés des États-Unis et de la Grande-Bretagne. Or, les généraux américains refusèrent. Malgré la considérable supériorité matérielle, les pertes causées par le débarquement en Normandie et les combats à l'Ouest se sont révélées être au final plus lourdes qu'annoncées. Il était impossible de continuer la guerre sans interruption. On en vint alors à la guerre froide. C'en était autrement dans l'Est lointain.

Une guerre après l'autre

La guerre continua immédiatement là où elle avait commencé, dans la région du Pacifique, en Corée, où les Américains avaient donné à Tchang Kaï-chek des armements et des fonds pour combattre le Japon. Lorsque les États-Unis voulurent occuper ces riches colonies une fois les Japonais chassés, les Coréens s'y opposèrent. Trois millions de morts, tous coréens. Voilà ce qu'ont coûté les interventions militaires des Américains. Jusqu'à aujourd'hui, le nord de la Corée n'a pas encore été conquis. Dans cette région, l'armistice peut s'interrompre à tout moment. À l'heure actuelle, la situation semble particulièrement épineuse.

Puis, vint le Vietnam, qui ne voulait pas laisser la France, alors puissance coloniale, prendre le pouvoir. Les États-Unis comptaient en profiter pour y asseoir eux-mêmes leur hégémonie. Mais malgré une extrême cruauté, par exemple avec le largage de bombes au napalm, cela n'a pas suffi aux États-Unis pour vaincre.

L'intervention en Iran, la guerre contre Saddam Hussein en Irak, celle en Serbie, contre Kadhafi en Libye, l'armement des opposants en Syrie pour susciter la guerre civile et l'implication des États-Unis dans plus de mille deux cents interventions militaires : voilà le résultat de la promesse d'un monde sans crainte et de la réalisation du rêve de la paix éternelle.

Cela me fait penser à ce que disait Brecht : « Le rêve de paix n'est plus un rêve, mais la dure réalité. »

Sur la Côte d'Azur (1.3)

Souvenirs

Les échanges que nous entretinrent nous rapprochèrent avec une étonnante rapidité. J'en appris beaucoup sur sa famille, son enfance et sa jeunesse. Sur le fait qu'il prit tôt une autre voie que celle qu'auraient voulu ses parents, différente de la tradition familiale, sur le fait qu'il n'ait pas étudié à Oxford pour ensuite gravir les échelons. À la place, il devint vagabond et globetrotteur avant de devenir écrivain indépendant. Quand il était jeune, il aimait camper avec ses amis sur la côte méditerranéenne française. Des souvenirs ressurgirent chez lui comme chez moi. C'est ainsi que nous nous rappelâmes que nous nous étions déjà rencontrés quelques années après la Seconde Guerre mondiale sur une plage de Nice, devant le Negresco.

À l'époque, la plage était encore pleine de gros graviers. Ce n'est que plus tard que le sable y fut acheminé. Aujourd'hui, l'ensemble des hôtels et des restaurants appartiennent à de riches magnats du pétrole. Il était avec ses amis, Douglas, Charles et la belle Cynthia. Il s'appelait Houston. Ils m'avaient intégré à leur groupe, moi, Henry, à ce trèfle à quatre feuilles. J'avais seize ans, deux ans de moins que mes nouveaux amis, et avais sérieusement réfléchi à l'idée de me faire la belle, quitter ma famille bourgeoise pour vagabonder à travers le monde avec ces quatre Londoniens.

La bourgeoisie savante

Très soucieux de s'instruire, mes parents avaient visité la maison du célèbre peintre impressionniste Auguste Renoir et le château Grimaldi à Antibes où Picasso a peint son célèbre tableau « La Joie de vivre », et tous les autres lieux où tant de peintres célèbres avaient exercé leur art. Ils n'avaient pas non plus voulu passer à côté de l'un des plus célèbres musées et ateliers des grands peintres. Le sud de la France, en particulier après 1945, était un paradis pour beaucoup de peintres, mais van Gogh et Gauguin vivaient déjà à Arles, en Provence, bien des années auparavant.

Artistes de rue

Mes quatre amis ne s'intéressaient pas aux œuvres que d'autres avaient créées. Ils étaient eux-mêmes artistes. Charles esquissait de merveilleux dessins sur le trottoir. C'étaient la plupart du temps des caricatures de grands hommes politiques encore vivants : le général de Gaulle avec un nez imposant, ou encore Churchill, le petit homme corpulent avec son cigare. Des passants qui flânaient en bord de mer jetaient des pièces dans sa casquette pour exprimer leur admiration.

Cynthia excellait dans l'art de dessiner le portrait des gens en quelques traits. Une fois son petit chevalet branlant posé, rares étaient les passants qui résistaient à l'envie d'acheter son dessin, tant ses portraits étaient réussis.

Douglas, quant à lui, avait une très belle voix et savait magnifiquement bien jouer de la guitare. Il s'asseyait sur le mur du quai et entonnait les tout nouveaux tubes. Il interprétait aussi les morceaux les plus connus d'Edith Piaf, notamment *Allez venez, Milord*, ou bien encore des chansons anglaises :

My bonny is over the ocean.
She drank gin. He drank rum.
I'll tell you they had lots of fun.

Sa casquette non plus ne restait jamais vide.
Houston avait un don pour les langues. Il racontait les toutes nouvelles blagues en italien, en français, en anglais, et même en allemand, en fonction de ceux qui s'étaient postés autour de lui. Les rires des gens étaient toujours tonitruants. Je ne sais pas comment il faisait pour amasser des pourboires. Je crois qu'il se faisait passer pour un réfugié politique, et il faisait cela si bien que les gens le croyaient.

Des vacances détendues

Mes quatre amis londoniens avaient planté leur tente quelque part dans le jardin de la villa de vacances d'un millionnaire, visiblement inhabitée. Ils passaient toute la journée à la plage, et quand ils avaient faim, ils comptaient leurs francs et voyaient si cela suffisait pour une bouteille de vin du Postillon, une baguette, des tomates, des raisins et, éventuellement, du jambon. Dans le cas contraire, ils reprenaient leurs « activités » sur la Promenade des Anglais.

Vingt minutes suffisaient aux quatre artistes pour amasser l'argent nécessaire pour un repas. À vrai dire, ils étaient aussi très doués. J'aurais tellement aimé les accompagner pour faire le tour du monde. Participer à leur mode de vie fut un échec car je n'étais pas parvenu à suivre le rythme. J'avais de très bonnes notes à l'école, mais c'était tout.

Origines

Peu de temps après, j'en appris un peu plus sur leurs familles. Ils venaient tous de familles influentes. Cynthia était même noble. Sa mère était dame de compagnie à la maison royale anglaise. Par les Mitford, elle était également de la famille de la femme de Churchill, Clementine Hozier, une noble elle aussi.

Douglas était lié à Hamilton, grand homme d'État qui possédait une imposante propriété avec son propre terrain d'aviation à Dungavel Castle, en Écosse. C'est d'ailleurs là-bas que Rudolf Hess devait atterrir en 1941.

Charles, quant à lui, était de la famille de Lord Halifax, le ministre anglais des Affaires étrangères qui fut invité pour une partie de chasse à Carinhall, un lieu tape à l'œil, et qui reçut de Goering le nom de Halifax.

Houston était même lié à l'importante famille Chamberlain, qui vit grandir de nombreux grands politiques, dont Neville Chamberlain, ancien Premier ministre. Pas étonnant que ces quatre vagabonds fussent plutôt des êtres d'exception que des êtes normaux.

Artistes au fil des ans

Houston était toujours en contact avec ces amis. Comme lui, ils vivaient à Londres. Cynthia et Charles avaient fait parler d'eux, il n'y a pas si longtemps que cela, avec une peinture sur trottoir à Trafalgar Square, ce qui les avait conduits à un procès. À part cela, ils touchaient des revenus réguliers en tant qu'illustrateurs de livres.

Douglas, lui, gagnait moins bien sa vie avec son concerto pour hautbois et douze machines à écrire. Il faisait toujours de la musique de rue et montait sur scène dans des cafés et des bars.

Houston se sentait écrivain sans jamais avoir publié quoi que ce soit. Il prévoyait une grande œuvre : cent ans d'histoire universelle en cent nouvelles. En résumé, les quatre copains se portaient plutôt bien. Mais sans l'appui ni l'héritage de leurs familles aisées, ils n'auraient jamais pu conserver leur mode de vie au fil des ans. Ils auraient dû travailler, comme moi.

Le fait que nos chemins se croisent, autrefois à Nice et aujourd'hui avec Houston au Speakers' Corner, n'est que le fruit du hasard. En revanche, qu'il en naisse des liens indéfectibles et une collaboration durable, ça, c'était écrit.

Pubs londoniens (1.4)

The Swan

Il était temps de boire une bière. Un pub plaisant et traditionnel, The Swan, se trouvait juste en face. C'était un des bistros habituels de Houston. Nous nous y dirigeâmes. Le jardin de devant, rempli de bancs et de tables en bois, était vide. Il faisait trop froid pour s'asseoir dehors. À l'intérieur, c'était plein à craquer. Nous trouvâmes une table vide, à droite derrière la porte d'entrée. Une grande table était remplie de collègues de travail qui déjeunaient ensemble. Ils manigançaient toutes sortes de farces. Quand un de leurs voisins avait le dos tourné, ils échangeaient son verre plein contre un verre vide, ou quand un autre se levait, ils nouaient les manches de sa veste posée sur sa chaise, lui donnant ainsi du fil à retordre lorsqu'il dut l'enfiler. Je me disais que c'était une journée de travail amusante pour les Anglais. L'intérieur du pub était sinueux et les pièces semblaient être imbriquées les unes dans les autres. Il était pourvu de nombreux balcons. Des femmes, dix ou douze, jouaient ensemble. Leur table se trouvait à mi-hauteur et pouvait être gagnée par un escalier. Elles donnaient l'impression d'être très émancipées. Ce n'étaient sûrement pas des femmes à cuisiner pour leur mari.

Commander une bière

Je commençai à me plaindre du serveur qui passait plusieurs fois à côté nous sans remarquer que nous n'avions pas de bière, jusqu'à ce que mon nouvel ami m'explique que dans un pub, il faut aller la chercher soi-même. Je me dirigeai donc vers le comptoir, où huit pompes permettent de servir différentes sortes de bière. Houston me dit : « Apporte-moi une pinte du quatrième tonneau. » Il fallait payer tout de suite. À Londres, on ne trace pas de trait sur les sous-bocks. C'est très pratique en fait, et moins compliqué au moment de l'addition.

Fish and Chips

Boire nous a donné faim. C'est ainsi que Houston me proposa de manger des *fish and chips*. Il fallait également les commander au comptoir et les payer immédiatement. J'avais l'intention d'inviter Houston, mais le fait qu'il me fasse payer son repas me refroidit quelque peu. Le *fish*, un filet de cabillaud frais, était délicieux. Les *chips*, quant à elles, étaient des sortes de frites épaisses, mais presque meilleures, car l'équilibre entre le croquant et le moelleux était juste comme il fallait. Ma commande portait un numéro indiqué sur un petit drapeau que l'on posa sur ma table. Quelques instants plus tard, le serveur apporta son plateau avec un petit drapeau qui portait le même numéro que le mien. Le tout se déroula à merveille. Là aussi, je me disais que les Anglais avaient le sens pratique. Impossible d'escroquer quiconque.

Fouquet's

Jamais il n'aurait pu m'arriver à Londres ce qui m'est arrivé au Fouquet's à Paris s. Un monsieur d'un certain âge, à l'allure sérieuse et honorable, m'avait abordé devant le restaurant. À l'époque, j'étais un « pauvre étudiant », et il m'avait demandé s'il pouvait m'inviter. J'étais surpris, mais cependant extrêmement ravi de son invitation. Nous venions de terminer un délicieux et copieux repas dans ce noble restaurant lorsque le généreux bienfaiteur se rendit aux toilettes et n'en revint jamais. Je n'avais alors eu d'autre choix que de payer l'intégralité de l'addition.

La potence

Avant de quitter le Swan, Houston me demanda : « Au fait, sais-tu qu'il y a quatre cents ans, les condamnés à la potence recevaient leur dernier repas dans ce pub ? » Les potences se trouvaient de l'autre côté de la rue, à l'endroit exact où se situe aujourd'hui le Speakers' Corner.

C'est étrange comme un tel lieu peut changer de fonction. Là où autrefois les gens affluaient pour se délecter du frétillement involontaire des jambes des pendus, ils rient aujourd'hui des discours confus et de l'exhibition volontaire de personnalités pour la plupart psychopathiques. Étrangement, le *genius loci* est, d'une certaine manière, fidèle à lui-même.

Comme Houston est incollable en histoire anglaise et sur sa ville natale, je lui demande de me montrer tous les vieux pubs traditionnels. Tout un programme. Nous avions tous les deux du temps : ma vie professionnelle était derrière moi, mes enfants avaient quitté la maison et Houston était resté célibataire toute sa vie.

Le deuxième jour

La maison à East End (2.1)

Paddington Station

Le lendemain, il était prévu que je lui rende visite chez lui à East End. Évidemment, lorsque je me mis en route le lendemain matin, je n'avais guère prêté attention aux heures de pointe. Je voulais partir de la Paddington Station, mais le quai était déjà si bondé qu'il était illusoire de prendre le prochain métro. Je pris donc la décision de m'asseoir derrière, sur l'un des bancs, pour observer la foule.

Les trains arrivaient toutes les deux minutes. Les gens poussaient ceux qui se trouvaient devant eux pour pouvoir entrer, jusqu'à ce que les wagons, pleins à craquer, ne puissent plus embarquer personne. C'était le même rituel à chaque passage de train. Fascinant. Pour moi ! Je plaignais ces pauvres gens qui devaient endurer cela tous les jours.

Puis ce fut à mon tour de me soumettre à cette procédure. Malgré les nombreuses personnes qui se tenaient debout dans les wagons et me bouchaient la vue, je parvins à apercevoir en haut, sur les panneaux latéraux, des photos de centres d'accueil où des femmes serviables apportaient café et pâtisseries aux personnes venues y trouver refuge. Ce sont des souvenirs des premières attaques aériennes des Allemands à Londres. On remarque là aussi la vive conscience historique. Je n'ai jamais vu, dans aucune ville allemande, des souvenirs d'attaques à la bombe, alors que les Allemands en ont souffert dans une bien plus grande proportion.

J'arrivai enfin à East End et trouvai rapidement la maison de Houston grâce à la description qu'il en avait faite. East End est aujourd'hui un quartier chic d'artistes. Autrefois, c'était le secteur le plus pauvre de Londres. La maison de Houston date d'une époque où, dans ce quartier, vivaient surtout des dockers défavorisés.

Archives, papiers et manuscrits

Il était encore occupé à remettre un peu d'ordre dans le chaos de sa bibliothèque. C'était un comportement typique quand il recevait « de la visite ». « J'ai toujours eu du mal à être ordonné, disait-il en rangeant. C'est certainement la raison pour laquelle la résolution que j'ai prise d'arranger et de classer toutes mes histoires bien en ordre a jusqu'à présent échoué. Cela demande une rigueur titanesque. L'un de vos grands poètes a dit : "Le génie, c'est 5 % de talent et 90 % de travail". J'ai peut-être les 5 % de talent, mais il me manque apparemment les 90 % de travail. »

Célébrer les retrouvailles

Nous voulions tout d'abord trinquer à nos retrouvailles avec un verre de vin. Outre du porto et du sherry que les Anglais apprécient particulièrement, Houston avait dans sa cave du vin blanc sec de Californie, du Chili et d'Australie. C'était un globetrotteur et il s'y connaissait bien. Je me sentais vraiment bien et lui aussi semblait profiter du fait qu'il pouvait discuter de ses soucis littéraires avec quelqu'un.

1932 : année fatidique

« Au début de mon recueil d'histoires, je présenterai l'année fatidique 1932 et ferai dérouler les événements avant et après. » Je voulais savoir pourquoi il avait choisi cette année-là comme point de départ. Pour moi, cette année n'avait aucune force symbolique particulière. Il la considérait comme un tournant dans la politique américaine. En 1932, l'establishment américain avait réussi à éviter la réélection du meilleur président que les États-Unis avaient jamais connu :

Herbert Hoover – et faire élire l'un des leurs : Franklin Delano Roosevelt. Il avait certes promis la paix au peuple américain, mais seulement pour piquer à son concurrent des électeurs avides de paix. En réalité, sa véritable intention était : « I need a big war ». Il faisait là référence à la guerre du Pacifique, une guerre que Hoover voulait éviter à tout prix, ainsi qu'à la guerre contre l'Allemagne, qu'il voulait cette fois-ci anéantir définitivement.

Hoover

Il était d'avis que nous n'avions pas besoin de guerres de conquête et que nous ne devions pas faire de proies. Les États-Unis sont si riches. Si nous développons notre pays, construisons des routes et des voies ferrées, remettons en état nos mines riches et notre industrie, alors nous avons de bonnes chances de vaincre la pauvreté. La technique moderne permet à tous les Américains de posséder sa propre maison et d'être maître chez lui. C'était une idée à laquelle l'establishment ne voulait pas songer, car les pauvres et les nécessiteux sont bien plus faciles à opprimer que les citoyens indépendants, aisés et sûrs d'eux.

Résultat aux élections : 37 %

1932, la même année où F. D. Roosevelt arriva au pouvoir, le parti national-socialiste allemand permit au Führer de jouir de sa première grande victoire électorale avec 37 % des voix. Malgré la ferme opposition de toutes les autres formations politiques, il fut finalement chargé de former un gouvernement mené par son parti, puis il fut nommé Chancelier du Reich.

Cette année-là, Hitler et Roosevelt devinrent deux grands adversaires et allaient le rester jusqu'à la fin de la Seconde Guerre mondiale. Roosevelt connut une deuxième réélection en 1936 et une troisième en 1940, alors que seuls deux mandats étaient prévus. Il fut même réélu une quatrième fois en 1944. Une première dans l'histoire des États-Unis. À cette époque, il était déjà en si mauvaise santé qu'il ne vécut pas la fin de la guerre, ni la fin d'Hitler, ni la guerre du Japon.

Le dictateur

Avec la loi sur les pleins pouvoirs, Hitler abrogea le droit de vote en 1933 et resta dictateur à vie, jusqu'à son suicide au printemps 1945 lors de l'invasion de l'armée russe à Berlin. Il est presque tout aussi étonnant qu'Hitler en arrive à cette toute-puissance avec seulement 37 % des voix – ce qui signifie tout de même qu'environ deux tiers du peuple était contre lui – qu'aucun des soixante-dix attentats perpétrés contre lui n'ait réussi.

Munich (2.2)

Le fils

Houston continuait son récit. L'un des premiers à reconnaître qu'un poids lourd entrait sur la scène politique avec Hitler, c'était ce vieux renard averti de Churchill. Au début, il jugeait Hitler de manière tout à fait positive : « Si mon propre pays était au fond de l'abîme comme l'Allemagne après le traité de Versailles, j'aurais alors souhaité un homme comme lui. »

Dès le départ, la carrière politique d'Hitler était pour lui si intéressante qu'il chargea son fils Randolph de se rendre dans chacune de ses réunions électorales et de le tenir informé de ce qu'il s'y passait. D'où tenait-il ce flair ? À une époque où, en Allemagne, les responsables politiques ne prenaient pas au sérieux ce nouveau venu et se permettaient même de se moquer de lui.

La mission de Randolph lui a été attribuée par son père en tant que chef suprême des services secrets. Elle ne devait donc en aucun cas être dévoilée officiellement. C'est pourquoi Randolph fut reçu comme hôte privé dans la famille Hanfstaengl à Munich.

Hanfstaengl

Hanfstaengl parlait parfaitement l'anglais. Avant la Première Guerre mondiale, il possédait la plus importante galerie d'art de New York, où il vécut plusieurs années durant. Lorsque les États-Unis déclarèrent la guerre à l'empereur allemand en 1916, sa famille et lui furent internés et dépossédés de tous leurs biens, sans dédommagement, car ils étaient considérés comme étant des « values of enemy people », uniquement parce qu'ils étaient allemands. Et sa fortune ne lui fut jamais rendue. D'ailleurs, ce sort était réservé à tous les Allemands aux États-Unis, au Canada, en Australie ainsi qu'aux fermiers dans les colonies allemandes en Afrique.

Ce tort, qui avait tant ulcéré Hanfstaengl, était la principale raison qui l'avait poussé à devenir l'un des plus fervents tenants d'Hitler. Comme il maîtrisait l'anglais, il entretenait les contacts anglophones d'Hitler à l'étranger.

Hôtel Continental

Peu de temps après la victoire électorale du parti d'Hitler avec 37 % des voix, Churchill voulait rencontrer le Führer. Le message fut transmis par son propre fils et Hanfstaengl de façon simple et officieuse. La rencontre devait avoir l'air d'être fortuite.

À cette époque, Churchill écrivait sur son ancêtre John Churchill, duc de Marlborough, dans le cadre de la rédaction de son œuvre historique. À ce qu'on sait, il devait faire des recherches sur la grande bataille de Höchstädt. Aux côtés du prince Eugène, son célèbre aïeul vainquit Louis XIV, le roi Soleil, d'une telle force que l'hégémonie de ce dernier en Europe pris fin dès cet instant.

On dit que pour arriver à cette issue, il séjourna à Munich. Il avait même emmené avec lui sa femme Clementine, en secret. À la suite de ses réunions politiques, Hitler se rendait régulièrement le soir au Continental. Une fois le dîner de la famille Churchill (leur fils était bien évidemment présent) achevé, il devait apparaître comme par hasard dans la salle à manger et y découvrir le chef d'État avec grand étonnement. La presse n'était pas informée de la présence de Churchill à Munich.

Une coopération germano-britannique ?

Ce que Churchill prévoyait était un mystère. L'idée d'une coopération germano-britannique, comme le proposait Hitler dans *Mein Kampf*, avait alors trouvé quelques intéressés en Angleterre. Même l'ancien roi anglais Édouard VIII s'y était fortement engagé. L'Allemagne devait remettre de l'ordre sur le continent, c'est-à-dire combattre le bolchévisme marxiste-communiste, et l'empire britannique devait garantir la liberté des océans.

Peut-être que Churchill voulait estimer dans quelle mesure il était possible de venir à bout du bolchévisme de Staline avec l'aide d'Hitler.

Une opportunité manquée

Le dîner de la famille Churchill, même le dessert, était terminé et Hitler ne s'était toujours pas montré comme prévu. Hanfstaengl, qui devait jouer le rôle d'interprète, supposa qu'il s'était produit un incident inattendu. Alors qu'il se rendait à la réception pour téléphoner, il croisa Hitler dans le hall d'entrée. « Mais enfin ! Pourquoi ne venez-vous pas ? Churchill s'impatiente ! » Mais Hitler n'avait pas l'intention de venir. « Alors ne vous montrez pas publiquement », dit Hanfstaengl. Même sur ce point, Hitler n'y consentait pas. Il avait fait capoter, d'une manière flagrante, la rencontre qu'il avait lui-même approuvée.

Questionnements

Pourquoi cet affront ? Cela était-il seulement l'expression d'une extrême antipathie ? Pour Hitler, Churchill n'était toujours que le « journaliste soûl ». Comme chacun sait, Churchill a eu toute sa vie des problèmes d'alcool.

Ou bien avait-il peur que l'on découvre au grand jour que le baron de Rothschild avait financé l'ensemble de sa campagne électorale ? On savait que Hanfstaengl récoltait des fonds et des dons auprès du monde anglophone pour le parti d'Hitler. De surcroit, le bruit courait que le fils de Churchill donnait les fonds récoltés en liquide à Hanfstaengl pour ne laisser aucune trace.

Lorsqu'Hitler prit la tête du parti national-socialiste – il n'en était pas le fondateur – les caisses comptaient six marks et douze pfennigs. Le nombre d'adhérents était minime. À ce que l'on dit, Hitler aurait eu le numéro 555 (le chiffre du diable). Cependant, en 1932, le siège grandiose du parti à Munich existait déjà. D'où provenait l'argent ? Le juif Rothschild avait-il financé Hitler l'antisémite ? Jamais les partisans d'Hitler ne l'auraient pardonné à leur Führer.

Antisémitisme

« Mais c'est tout à fait absurde que le juif Rothschild ait financé l'antisémitisme », objectai-je. « Oui, en apparence, répondit Houston. Mais quand tu penses que Rothschild était un juif orthodoxe, et non un athée comme beaucoup de juifs aujourd'hui, et qu'il voyait d'un œil extrêmement critique l'assimilation des Allemands et des juifs, car cela aurait menacé l'identité du peuple juif, alors on peut comprendre que pour lui, un certain antisémitisme était préférable. »

Les juifs et les Allemands

À l'époque, les relations entre juifs et Allemands étaient uniques. Il n'existait nulle part ailleurs autant de « mariages mixtes ». Nulle part ailleurs les juifs, qu'ils soient écrivains, pianistes ou violonistes virtuoses, ou encore acteurs, ne bénéficiaient d'autant de reconnaissance. Il y avait une classe supérieure juive extrêmement riche ; même un écrivain du rang de Thomas Mann n'avait vu aucun problème dans une union avec la riche Katia Pringsheim, une fille de banquier juive.

Restriction de l'immigration

Un effet secondaire souhaité par Rothschild consistait à ce que la discrimination des juifs donnât l'occasion à de nombreux croyants d'émigrer, et il voulait justement qu'ils se rendent en Palestine.

Toutefois, la plupart voulaient partir pour les États-Unis. C'est pourquoi il convint avec Franklin Roosevelt de réduire le contingent des juifs immigrants de moitié : passer de 60 000 à 30 000 par an.

Cela eut pour conséquence des destins tragiques. C'est ainsi que la famille d'Anne Frank n'obtint pas d'autorisation de séjour aux États-Unis, et ce alors que sa mère était une parente très proche de l'épouse du président, Eleanor Roosevelt. »

To kill Hitler

Comment Churchill a-t-il réagi à cet affront ? Il était tellement en colère qu'il déclara avoir pour seul objectif de toute décision politique : tuer Hitler. « Tuer Hitler, c'était la seule chose qui m'intéressait et cela rendit tout beaucoup plus

27

simple. » Il avait eu la chance exceptionnelle de pouvoir me voir vivant. Cela ne se reproduirait plus jamais, et c'était vrai.

Lorsqu'il devint ensuite Chancelier du Reich, Hitler invita Churchill deux ou trois fois au Berghof à Berchtesgaden. Churchill n'a jamais donné suite. L'égotiste Churchill n'a pas pu ou voulu mettre de côté cette provocation. Les deux ennemis jurés du XXe siècle ne se sont jamais vus en personne.

Surnaturel

On explique difficilement ce retournement extrême, passant du jugement bienveillant au reniement total d'un homme. Il est étonnant que Churchill sache dès 1932 que le sauvetage de l'humanité dépendait de l'anéantissement d'Hitler. Ce dernier n'ayant occupé jusque-là aucune fonction politique, il n'avait pas encore eu l'occasion d'exécuter ses atrocités légendaires.

Des forces inconnues ont très certainement exercé une influence au second plan. On raconte d'ailleurs à ce propos une histoire qui plaira aux ésotériques. Pendant la Première Guerre mondiale, au même moment et sur le même front en Flandres, les deux ennemis jurés se retrouvèrent face à face dans la même tranchée.

Après la catastrophe de Gallipoli, Churchill fut contraint de démissionner. Il s'engagea volontairement comme soldat au front pour regagner de la sympathie. Il aurait très bien pu choisir le mess qui se trouvait très loin de la ligne de front, mais l'alcool y était interdit. Il préféra donc la vie simple du soldat de tranchées, car il était bien vu que les soldats se saoulent pour se donner du courage.

Certes, Churchill affirmait qu'il était matérialiste jusqu'au bout des ongles. Pourtant, il se laissa entraîner par Crowley dans la magie noire. Ce dernier prétendait qu'il lui aurait appris son célèbre signe V, un signe magique contre le bras tendu du salut nazi, et qu'en réalité, cela ne renvoyait pas à la victoire, mais aux deux cornes de Baphomet.

Churchill aurait eu dans les tranchées une sorte de vision : il aurait vu son adversaire historique assis dans la tranchée ennemie, mais sous les traits d'un veau. Ce dernier devait d'abord grandir et devenir un bœuf vigoureux pour pouvoir engager le combat avec Churchill.

Du côté adverse

Hitler raconta qu'il était avec dix camarades dans la tranchée lorsqu'un dictat, plus puissant que sa volonté, le contraignit à se rendre dans la tranchée voisine. À peine était-il arrivé dans celle-ci qu'une grenade explosa. Lorsqu'il revint, ses dix camarades étaient morts. Pour Hitler, c'était la preuve que son combat n'était pas une cause individuelle, que la Providence l'avait chargé d'en sortir vainqueur.

Les terrasses de la Tamise (2.3)

Londinium

Nous voulûmes nous rendre sur les terrasses de la Tamise pour déjeuner. On y trouve de superbes restaurants servant une excellente cuisine locale et internationale. C'est aussi un lieu chargé d'histoire, l'embryon de Londres, que les Romains avaient choisi pendant la colonisation. Des vestiges de murs se visitent encore aujourd'hui.

Mille ans plus tard, les conquérants normands érigèrent une forteresse et un palais royal : la Tour de Londres. Aujourd'hui encore, elle fascine par son élégance naturelle. C'est un lieu qui invite à la méditation. D'ailleurs, nous pouvions nous y rendre à pied. En chemin, Houston me raconta d'autres histoires qui semblaient fuser dans sa tête. Un seul mot suffisait à lui évoquer tout un nouveau récit.

Vaudeville

Sais-tu comment les Français se sont vengés de leur défaite à Höchstädt ? Ils ont caricaturé Marlborough dans une chanson que tous les enfants apprennent à la maternelle.
Malbrough s'en va-t-en guerre
Il a mis ses culottes à l'envers

Ce héros n'est même pas capable de mettre ses culottes correctement.
Ne t'es-tu pas trompé, cher ami ? Ne serait-ce pas plutôt : « Le bon roi Dagobert a mis sa culotte à l'envers » ?

Prince Eugène

Ce qui aura fait le plus de tort au Roi Soleil, c'est que le Prince Eugène, allié avec l'armée anglaise et qui dirigeait les troupes autrichiennes, l'avait amené à la défaite. En fait, le prince Eugène voulait commencer sa carrière militaire auprès de Louis XIV, mais ce dernier s'est moqué de lui : « Un petit gars aussi frêle n'a rien à faire dans mon armée royale. »

Le jeune prince se présenta alors à l'empereur des Habsbourg à Vienne et devint l'un des plus grands généraux en chef, pas seulement contre les Turcs, mais aussi contre la France impériale.

Il était d'ailleurs issu d'une maison princière liée à toutes les familles régnantes européennes. C'est pourquoi il signait fièrement en trois langues : il écrivait son prénom en italien, Eugenio, son titre de noblesse en allemand, « von », et enfin son nom en français, Savoie. Un quasi arrière-européen.

Höchstädt

Les grandes victoires telles que celle-ci doivent bien évidemment être documentées comme il se doit. C'est la raison pour laquelle des historiographes accompagnaient toutes les armées dans leurs batailles. La gloire posthume, qui devait durer des siècles, n'était garantie que par une distinction écrite. Ces fonctionnaires étaient parmi les mieux payés des royaux de France comme d'Angleterre. Leur revenu annuel correspondait à celui des généraux.

En revanche, lors de la bataille de Höchstädt, leurs compétences furent mises à rude épreuve. Ils eurent des difficultés à rendre en anglais les deux inflexions sur le « ö » et le « ä », le son « ch » qui n'existe pas en anglais, ainsi que l'horrible « scht », au milieu du mot, que les Anglais prononçaient comme les Hambourgeois « s-pitze S-teine s-tolpern ». Dans l'urgence, ils demandèrent s'il n'existait pas dans les environs une autre ville qui serait plus facile à prononcer en anglais. Ils prirent alors le village de Blindheim, Blendheim en souabe (Höchstädt est située sur le Danube, près d'Ulm). Ils traduisirent Blendheim par Blenheim en omettant le « d ».

Finalement, ils n'avaient résolu le problème linguistique que très passablement. C'est ainsi que pour les Anglais, la bataille de Höchstädt devint la bataille de « Blenheim », qui donna également son nom au palais qu'offrit le roi anglais à son valeureux général en guise de remerciement.

Blenheim Palace

Aujourd'hui encore, ce somptueux palais appartient à l'aîné des descendants du duc de Marlborough. Churchill était très fier d'être né dans ce palais, bien que son père ne fût que le troisième enfant de la fratrie et que le palais ne lui appartînt pas. Mais pour lui, le fait d'y être venu au monde et, d'une certaine manière, d'être devenu le véritable successeur de Marlborough, était un symbole lourd.

Le grand bal

L'aîné de la fratrie donnait tous les ans un grand bal où toute la famille était invitée. La mère de Churchill, une jeune femme très belle et enjouée, avait épousé six mois auparavant Randolph Churchill et ne voulait bien évidemment pas manquer un tel événement. Elle dansait, comme toujours, avec passion quand elle fut prise de contractions et se dirigea vers les toilettes.

Elle venait à peine de s'asseoir quand le petit Winston sortit inopinément de son ventre. Par chance, elle put l'attraper par les pieds afin d'éviter qu'il ne tombe dans la fosse de la latrine.

J'interrompis Houston et lui dis : « Cet épisode sort certainement tout droit de ton imagination. Déjà à cette époque, il y avait certainement des toilettes dans un palais comme celui-ci. »
« En effet, répondit Houston. Il n'en demeure cependant pas moins que le jeune Churchill est certes né dans le palais princier, mais dans un lieu qui ne sied pas tout à fait aux princes. »

En outre, cette naissance soulève la question de savoir s'il s'agissait réellement d'une naissance prématurée au sixième mois, comme on l'avait supposé au départ étant donné que le mariage n'était pas plus ancien. Mais on annonça entre-temps de façon officielle que Jennie était déjà enceinte de trois mois lors de son mariage. Et dans la nouvelle version, les toilettes étaient devenues un vestiaire ou un vestibule.

Syphilis

Une autre question se pose : Randolph était-il le père biologique de Churchill ? Comme chacun sait, il était atteint d'une maladie qui ne l'avantageait pas auprès des jeunes filles. Lorsque la mère de Churchill tomba à nouveau enceinte, Randolph était encore vivant. Il mourut certes tôt, précisément du fait de sa maladie, et l'on sut de façon certaine qu'il n'était pas le père du deuxième enfant.

Churchill eut donc un demi-frère. Le bruit courait que le mari n'était pas non plus le père biologique de Winston Churchill. Il n'est pas certain que même ce dernier l'ait su. On l'envoya d'ailleurs peu de temps après sa majorité aux États-Unis, chez Cockran, qui se chargea de son éducation et de sa formation politique.

De son temps, Cockran était l'un des hommes politiques les plus importants des États-Unis. Il s'était présenté quatre fois à l'élection présidentielle et avait perdu à chaque fois de peu. Il était en outre un écrivain très connu et Churchill voyait en lui l'un de ses plus grands modèles, tout comme Disraeli, un grand homme politique et écrivain anglais.

On peut effectivement comparer Churchill à ces deux hommes car, au-delà de ses fonctions politiques, il a beaucoup travaillé en tant que journaliste et auteur de livres.

Cantique baptismal

Houston m'avoua qu'il avait un jour caressé l'envie d'écrire une comédie musicale avec Douglas. Il voulait entre autres tourner l'histoire de Churchill en ridicule.

Afin d'épargner à Cockran les désagréments d'un enfant conçu hors mariage, ce qui aurait été inévitable aux États-Unis, le Baron de Rothschild pria son plus fidèle collaborateur, Randolph Churchill, de tirer son ami du pétrin et d'épouser Jennie.

La comédie musicale devait résumer les faits dans un quatrain :
        Cockran arriva le premier avec sa pine à fond
        Puis ce fut le tour de M'sieur le Baron
        Avec l'mari, c'était critique
        Car sa pine était syphilitique
Douglas en fit un canon à trois voix qu'il appela *Chant baptismal* et reprit la mélodie de la marche River Kwaï, dans laquelle les soldats anglais chantaient : Hitler has got only one ball (Hitler n'a qu'une couille).

Randolph parvint entre autres à obtenir de la reine Victoria qu'elle accorde au Baron de Rothschild son titre de noblesse, alors que cette dernière était d'avis qu'il était impossible qu'un Juif devienne noble. Randolph lui aurait alors rétorqué : « Majesté, si vous n'aviez pas son argent, vous ne pourriez pas régner sur votre empire. »

Déjà à cette époque, le baron de Rothschild était l'homme le plus riche du monde. Certains disent qu'il éprouvait alors une forte attirance envers Jennie. La rumeur court même qu'il serait le père de Churchill.

Selon cette même rumeur, il serait aussi le père d'Adolf Hitler, faisant alors des deux ennemis jurés des demi-frères. Dans leur vision politique, effectivement, ils se ressemblaient à maints égards. Leur darwinisme social et leur conviction que la loi du plus fort était fondamentalement la meilleure ne les différenciaient en aucune façon.

La Tour de Londres (2.4)

William le Conquérant

Nous nous étions entre-temps rapprochés du fleuve qui longeait la Tour de Londres. C'était aussi pour Houston l'un de ses endroits préférés de ville. Les terrasses offraient une vue magnifique sur la fortification avec ses quatre tours angulaires étroites, sur le Tower Bridge ainsi que sur la Tamise. Ce bâtiment, devenu aujourd'hui un musée, renferme mille ans d'histoires animées de son édificateur, William le Conquérant, qui l'utilisa comme fortification et comme palais royal jusqu'au Moyen Âge, où il fit office de prison.

Henri VIII

Henri VIII y a fait exécuter sa deuxième femme, Anna Boleyn, la mère d'Elisabeth la Grande. C'est à cause d'elle qu'il dut quitter Rome. Après une longue correspondance avec Luther, il fonda l'Église anglicane car le Pape ne lui avait pas permis de se séparer de sa première femme. Il devint prince de l'Église, comme la reine Elizabeth aujourd'hui. Il n'eut ainsi plus besoin d'autorisation du pape.

Sa cinquième femme, Katherine Howard, fut également exécutée.

Lady Jane Grey

La décapitation de Lady Jane Grey, neuf jours après son couronnement, fut particulièrement poignante. Son destin a ému l'Europe entière. Même l'écrivain allemand Theodor Fontane composa une ballade à ce sujet et de nombreux poètes écrivirent des poèmes sur son exécution dans la Tour.

Le dernier prisonnier du monument fut Rudolf Hess en 1941.

Aujourd'hui encore, les Yeomen Warders portent un bel uniforme noir et bordé de rouge, comme autrefois, c'est-à-dire quotidiennement et non uniquement lors des festivals. Par ailleurs, un bon gin porte son nom populaire, « Beefeater ».

Lamb or mutton

Nous nous autorisâmes justement à prendre ce gin comme apéritif. J'ai oublié le nom de ce restaurant : Cutty Sark, Coppa Club, ou peut-être Byward Kitchen. Toutes les conditions étaient réunies pour passer un excellent moment. Notre repas était succulent et typiquement anglais. Leur cuisine n'a certes pas bonne réputation, mais les Anglais savent préparer l'agneau comme personne. Nos côtelettes accompagnées de tomates cerise grillées étaient un régal.

Notre repas fut aussi l'occasion pour Houston de conter des récits. L'histoire de notre peuple continue de vivre aussi à travers sa langue. Lorsque les Normands arrivèrent en Angleterre en tant que nouveaux conquérants, ils avaient adopté le dialecte issu de l'ancien français, alors qu'ils étaient une minorité germanique en Normandie. La seigneurie parla des siècles durant ce vieux français, tandis que les serviteurs et les valets conservèrent naturellement leur dialecte anglo-saxon.

C'est ainsi que dans les pâturages, les moutons et les agneaux s'appelaient « sheep » et « lamb », et quand ils étaient servis sur la table des seigneurs, ils devenaient « mutton », du français « mouton ». Les « calves » devenaient des « veal », veau en français, les « oxen » devenaient des « beef », des bœufs. Le mot « table » est passé en anglais pour désigner le meuble et le terme original, « dish », ne signifie plus aujourd'hui que « plat ».

Richard Cœur de lion

Richard Cœur de lion, ce grand héros national anglais à l'époque des Croisades, parlait ce dialecte issu de l'ancien français. À cette époque, la Normandie appartenait encore à l'Angleterre, tout comme l'Aquitaine. Ce n'est qu'après l'émergence de la conscience nationale que les Anglais perdirent ces possessions françaises sur le continent. Pour cela, il fallut passer par la guerre de Cent ans.

La phase terminale de cette guerre trop longue fut introduite par Jeanne d'Arc, la pucelle d'Orléans. La tradition et l'histoire sont concentrées en un seul lieu. Les enfants français et anglais connaissent leurs héros nationaux ainsi que leur histoire, et ils en sont fiers. Les jeunes Allemands, eux, apprennent seulement qu'il y a eu des camps de concentration à Dachau et à Auschwitz.

Retrouvailles après tant d'années (2.5)

Cynthia

Je me réjouissais de la soirée qui devait avoir lieu chez Houston. Mes amis de jeunesse, rencontrés à Nice, avaient confirmé leur venue, et j'étais impatient de voir à quoi ils ressemblaient après tant d'années. Allais-je les reconnaître et inversement ?

Cynthia passa la porte la première. Elle était plus belle que jamais. Elle me salua d'un baiser sur la bouche. Elle non plus n'avait donc pas oublié qu'elle m'avait fait devenir un homme, autrefois sur la plage de Nice.

Puis arriva Charles, son compagnon, qui était autrefois un homme rayonnant. Il était encore pas mal pour son âge et avait une stature imposante. Douglas, le musicien de la bande, arriva un peu en retard. Cela correspondait à nos idéaux de jeunesse : être totalement libre, ne pas s'engager, ne pas reconnaître d'obligations. Tant qu'ils étaient jeunes, cela allait, mais avec l'âge, cela devenait de plus en plus compliqué.

Une profession, c'est l'équilibre de la vie. Et sur le plan financier aussi. À vrai dire, aucun d'eux n'a aspiré à des horaires de travail et à des revenus fixes. Mais cela était possible parce qu'ils venaient de familles très fortunées et qu'ils pouvaient vivre de leur héritage.

Édouard VIII

La mère de Cynthia travaillait à la cour du roi Édouard VIII. Comme lui, sa famille à elle était très germanophile, à contre-courant de l'opinion publique en Angleterre. Tous les membres du cercle d'amis de cette soirée étaient également très germanophiles, sinon ils ne m'auraient jamais accepté, moi, Allemand, dans leur cercle très fermé. Les conversations de cette soirée tournaient toutes autour des relations germano-britanniques.

Cynthia commença à raconter. Elle disait qu'Édouard VIII avait été un grand fan d'Hitler, à qui il avait rendu visite plusieurs fois en Allemagne. Les mouvements marxistes-léninistes qui voulaient abolir la monarchie aussi en Angleterre, l'inquiétaient. En Allemagne, Hitler avait mis fin à ces troubles. Sa vision pour l'avenir était que l'Allemagne fasse régner l'ordre sur le continent en combattant le bolchévisme de Staline et en garantissant à l'Angleterre, en tant que Grand Empire, la libre circulation fluviale sur les océans.

Car seule la race blanche – il en était persuadé – était capable de remettre de l'ordre dans ce monde qui menaçait de s'écrouler avec les aspirations indépendantistes des colonies.

Récemment, une vidéo est même sortie dans laquelle Édouard VIII apprend à sa petite nièce Elizabeth, alors âgée de cinq ans, le salut nazi. À cette période, la presse n'avait prévu aucune campagne contre la famille royale, c'est pourquoi on n'en avait pas fait une affaire d'État.
Le film a été tourné par Wallis Simpson. Deux ans plus tard, Édouard VIII prit une photo de la famille royale. On y voit la Reine mère avec Elizabeth levant le bras en un salut nazi. Le futur roi George VI se baisse vers la petite Margaret.

Mais la position du roi, « Pas de guerre contre l'Allemagne tant que je serai sur le trône », amena les parties belliqueuses, Churchill le premier, à chercher un moyen de le destituer.

Wallis Simpson

Le levier de la « levée de fonction », ou de l'abdication contrainte du roi, c'était Mrs. Wallis Simpson, une actrice américaine qui s'était mariée avec Simpson, un très riche homme d'affaires, après un divorce. Elle trouva grâce aux yeux d'Édouard VIII puisqu'elle devint sa maîtresse. Son mari était en affaires toute l'année, dans toutes les capitales du monde et eut, lui aussi, quelques amantes.

Il était même flatté que sa femme ait gagné les faveurs du roi du plus grand empire au monde et empereur des Indes. Elle lui était quant à elle reconnaissante de continuer à tenir son rôle de mari et de subvenir à ses nombreuses dépenses. Elle ne pouvait pas vivre des précieux joyaux desquels le roi la couvrait, et elle-même ne pensait pas le moins du monde à une séparation. Le mariage offrait plus de sécurité.

De surcroît, elle ne manquait de rien. Elle accompagnait officiellement le roi lors des fêtes, et même à Buckingham Palace.

Queen Mary

Seule la mère du roi, une femme très élégante et soucieuse de l'étiquette, pensait à se conformer à son rang.

Lorsqu'elle était présente, Wallis Simpson n'était pas autorisée à apparaître. D'une part, parce qu'elle n'appartenait pas à la noblesse et d'autre part car qu'elle n'était pas anglaise, sans compter qu'elle était encore mariée et avait déjà connu un divorce.

Édouard VIII savait en outre qu'il ne pourrait jamais la faire reine, car en tant que chef de l'Église anglicane, il n'avait en aucun cas le droit d'avoir une femme divorcée à ses côtés. Surtout quand le mari duquel elle s'était séparée est encore en vie.

Cependant, Édouard VIII n'avait aucunement l'intention de l'épouser. À quoi bon. Ensemble, ils étaient heureux et satisfaits. Rien ne leur manquait.

Les adversaires

Pour un roi, le rôle du mariage est d'engendrer un successeur pour le trône. Et cela était exclu avec Wallis Simpson. Étant donné que les partisans d'une guerre contre l'Allemagne voulaient se débarrasser du roi pour avoir définitivement exclu cette issue, ils argumentèrent que s'il n'abdiquait pas de son plein gré, ils lanceraient une campagne de presse contre Wallis Simpson. Elle serait si compromettante envers la famille royale que la monarchie serait totalement balayée.

Ils rappelèrent à Édouard VIII comment le tsar russe et sa famille avaient fini à Saint-Pétersbourg. Après sa destitution, lorsque le tsar pria son cousin anglais de lui ouvrir ses portes pour trouver refuge en Angleterre, l'accord que son père, George V, lui avait déjà donné, fut contrevenu. Il n'eut pas le droit d'accueillir son cousin et sa famille, alors que le tsar et la Russie étaient alliés avec les Anglais dans le combat contre l'empereur allemand.

On contraignit même George V à changer son nom à consonance allemande, Sachsen-Coburg Gotha, en Windsor.

Scandale médiatique

Comme un avant-goût des scandale médiatique qui attendaient Édouard VIII, on imprima l'histoire scandaleuse de Wallis Simpson ayant dansé nue sur des tables à Buckingham Palace devant une salle comble.

On raconta qu'elle avait travaillé dans des maisons closes à Shanghai et qu'elle y avait appris les pratiques sexuelles les plus raffinées, ce qui expliquait que le roi fût tombé sous son emprise.

Rien de tout cela n'était vrai. Et bien que les journaux durent ensuite avouer que tout n'était que pure invention, les conséquences furent dramatiques. Les Anglais ne voulaient pas d'un tel roi et d'une telle femme à leur tête.

Attentat

« On ne se débarrasse pas des rois par des décisions de justice, mais par des attentats. » C'était l'avis de Churchill lorsqu'il décida, le 16 juillet 1936, d'éliminer le roi Édouard VIII. Malgré les histoires à scandales concoctées notamment par Hearst, l'ami de Churchill et le plus grand magnat du journal d'Amérique, le souverain ne voulait pas abdiquer.

Les services secrets militaires du MI5 employèrent la tactique « double-bound » qui consistait à faire changer d'avis un terroriste qu'ils avaient eux-mêmes formé, pour que l'opinion publique pense qu'il venait du côté ennemi. C'est ce qu'il s'est passé avec Jerome Branningham que l'on infiltra dans l'IRA, l'armée républicaine irlandaise. L'attentat échoua car la police locale, qui n'avait pas été mise au courant, avait protégé le roi.

Ce dernier, en revanche, eut tellement peur qu'il signa d'emblée le document d'abdication.

Abdication

Le roi était démuni. Il ne pouvait rien faire, ni contre la presse, ni contre les services secrets. Il abdiqua finalement en faveur de son frère, George VI. Cependant, la condition *sine qua non* était qu'il s'engage à soutenir la guerre contre l'Allemagne. Or, il pensait lui aussi que cette guerre n'était pas dans l'intérêt de l'Angleterre ; c'étaient surtout les leaders économiques américains et la haute finance à Wall Street qui voulaient se débarrasser de la concurrence allemande.
Le deuxième obstacle qui lui fit accepter la dignité royale à contrecœur était son bégaiement. Pour lui, rien n'était pire que de devoir tenir un discours en public. Mais il en était ainsi.

Le discours d'un roi

C'est avec l'aide d'un orthophoniste qu'il réussit, à force d'efforts, à enregistrer un discours irréprochable. Ce discours historique, « The King's Speech », peut être réécouté en version originale sur Internet. Il existe aussi un film. Le discours a été enregistré plusieurs semaines avant la déclaration de guerre pour qu'il puisse être envoyé à Dantzig immédiatement après le premier échange de tirs.

Le document d'abdication devait être signé par tous les frères, c'est-à-dire Édouard VIII, le nouveau roi George VI et leur plus jeune frère, le premier duc de Kent. Édouard VIII dut partir avec sa femme en exil. Le nouveau roi ne pouvait lui donner l'autorisation de fouler le sol anglais que pour des événements familiaux, par exemple pour la mort de leur mère.

Mensonge

Le mensonge du grand amour du siècle fit le tour du monde : un roi abdique pour pouvoir épouser sa bien-aimée. C'est la version officielle encore en vigueur. La vérité, c'est qu'aucun roi d'aucun pays ne fut contraint d'abdiquer à cause d'une maîtresse, et nous savons dans ce cas précis que ce n'était pas la véritable raison.

Mais on ne remarque les incohérences de la version officielle qu'après avoir entendu la version de Cynthia. Comme nous vivons rarement les événements historiques nous-mêmes, nous sommes dépendants de ce que nous raconte la presse. C'est quand tous les journaux font état de la même chose parce qu'ils appartiennent tous à un seul et même éditeur qu'on avale les plus grandes couleuvres. La manipulation par la presse est totale. Et la désinformation également.

Une famille hors du commun (2.6)

Les Mitford

Cynthia eut encore une histoire étonnante à raconter. Elle parla d'une famille tout à fait extraordinaire avec laquelle elle était parente. Il s'agit de la famille d'un noble anglais, David Freeman-Mitford, deuxième baron de Redesdale, qui abhorrait les écoles britanniques.

Après la Première Guerre mondiale, au Royaume-Uni, l'école s'était révélée être l'instrument de l'abrutissement du peuple. Aux États-Unis, cela avait toujours été le cas. Après la Seconde Guerre mondiale, les Allemands aussi aspiraient à cet objectif. Entre-temps, nous avons atteint le niveau international. Même en Allemagne, presque plus aucun élève ne sait ni lire ni écrire, et ne parlons pas du calcul.

Toujours est-il que monsieur le Baron a confié l'éducation de son fils et de ses six filles exclusivement à des professeurs privés qu'il fit venir chez lui. Et c'est ainsi que chacun d'eux a pu développer une personnalité à part entière et originale.

Jessica, qui se rendait rarement dans les cercles de la noblesse, s'est engouée pour le communisme. Elle combattit Franco aux côtés de l'Internationale communiste lors de la guerre civile espagnole.

Diana s'est laissé séduire par l'idéologie du fascisme et adulait Mussolini et Hitler. Elle a même épousé Mosley, le Führer britannique fasciste.

Nancy est devenue une écrivaine célèbre.

La benjamine, Deborah, s'est contentée de devenir baronne de Devonshire en se mariant.

Thomas, plutôt conventionnel lui aussi, a étudié à Oxford et est devenu juge. Il ne s'est jamais marié.

Pamela a préféré les aventures et les scandales au côté d'un cavalier intrépide, à une vie ennuyeuse avec un millionnaire américain. C'est la raison pour laquelle elle divorça de ce dernier.

Enfin, Unity, probablement la plus grande surprise pour nous, est devenue l'amante d'Hitler.

L'amante britannique

Unity entrepris un voyage à Munich fin 1934. Il n'était pas difficile de le rencontrer dans son bistro habituel, l'*Osteria Bavaria*.

Ce fut le coup de foudre. Elle était grande, un mètre quatre-vingts, ce qui autrefois était même très grand pour une femme, blonde avec des yeux bleus. Pour Hitler, elle incarnait l'idéal d'une noble germanique, l'archétype d'une femme aryenne.

Son deuxième prénom, Valkyrie, qu'elle germanisa par la suite en Walküre, était un présage pour Hitler, cet adorateur de Wagner.

Et lorsqu'elle lui raconta que son grand-père, le premier baron de Redesdale, avait traduit les écrits de Houston Stewart Chamberlain de l'allemand vers l'anglais, Hitler fut conquis.

Houston Steward Chamberlain

H.S.C. était certes anglais, mais il passa la majeure partie de sa jeunesse en France. Il voyagea durant de nombreuses années à travers toute l'Europe avant de s'installer, pour finir, en Allemagne, à Bayreuth, où il épousa la fille de Richard Wagner, Eva Wagner.

Il rédigea ses écrits en allemand. Il accepta même la nationalité allemande. Ses récits rencontrèrent un franc succès, notamment en Angleterre grâce à la traduction du grand-père d'Unity, *La Génèse du XIXᵉ siècle*, dans laquelle il développa sa doctrine raciale. Ce livre vint nourrir la conviction d'Hitler qu'une race supérieure devait prendre en charge l'ordre du monde ; et pour lui, ce devait être la race aryenne, autrement dit les Allemands.

D'ailleurs, Churchill était lui-aussi entièrement convaincu par cette théorie, à la différence qu'il ne voulait pas concéder aux Allemands le rôle de la race « la plus noble » qui devait dominer le monde.

Jalousie

Hitler emmenait Unity Mitford assez souvent avec lui au Berghof, à Berchtesgaden. Il lui prêta sa Mercedes pour les Jeux olympiques de Berlin, il l'invita au festival de Bayreuth. Oui, lors de l'annexion de l'Autriche par le Reich allemand, elle se trouvait à côté de lui sur la Heldenplatz, à Vienne.

Cela ne plaisait pas du tout à Eva Braun. Celle-ci vivait au Berghof en se faisant passer pour l'employée de Hoffmann, le photographe officiel d'Hitler. Hitler ne voulait pas que leur relation se sache.

Elle ne put jamais se montrer avec lui en public. « Je suis marié avec l'Allemagne. Mes admiratrices ne me pardonneraient jamais le fait que j'ai une maîtresse. »

Et effectivement, les Allemands n'eurent connaissance de cette relation qu'une fois la guerre terminée. On apprit aussi qu'Eva Braun dut se faire stériliser, car pour Hitler, il était inconcevable qu'il ait, dans sa position de Führer, un enfant hors mariage.

Castro

Une comparaison me vint à l'esprit. Le grand révolutionnaire Fidel Castro avait une maîtresse allemande qui vivait en Amérique. Cette relation semblait sérieuse et même lorsque son amante tomba enceinte, tous deux éprouvèrent une grande joie. Cependant, il fut rattrapé par l'idée que ses camarades de combat de la révolution lui en voudraient certainement d'avoir eu une aventure privée. Castro fit alors enlever la pauvre fille et la contraignit à avorter à la clinique de La Havane.

Mariage

Mais Hitler n'eut pas ce problème avec Unity Mitford. Elle se trouvait au centre de l'allégresse. Elle tenait même des discours sur les avantages que pourrait tirer l'Angleterre si un homme comme Hitler mettait l'Allemagne sur le devant de la scène internationale.

Le mariage de sa sœur Diana avec Mosley se fit dans la villa de Goebbels, dans le quartier de Grunewald à Berlin. Ses parents arrivèrent d'Angleterre et furent accueillis par Hitler comme des représentants de gouvernement officiels. Eva Braun en fut tellement blessée qu'elle tenta même de mettre fin à ses jours.

Fin tragique

En août 1939, Unity était avec Hitler au festival de Bayreuth. Il lui révéla alors que l'Angleterre était fermement décidée à déclarer la guerre à l'Allemagne et qu'il ne voyait plus aucun moyen de l'éviter. Il laissa à sa sœur Diana et à elle le choix de quitter le pays ou de rester.

Diana rentra, mais Unity resta. Elle ne pouvait tout simplement pas le croire. Elle aimait ces deux pays. Son rêve était que l'armée allemande et la flotte anglaise puissent régner sur le monde. Et maintenant, ces deux peuples, comme lors de la Première Guerre mondiale, allaient à nouveau s'entredéchirer.

Suicide

Le 1ᵉʳ septembre 1939 eut lieu le premier tir à Dantzig. Le 3 septembre, lorsque l'Angleterre déclara la guerre aux Allemands, Unity décida de se tirer une balle dans la tête avec un pistolet automatique dans la rue Königinnen Straße, à Munich.

Grièvement blessée, on la transporta dans une clinique. Elle avait laissé à Hitler une lettre d'adieu ainsi que l'insigne du parti en or qu'il avait fait faire spécialement pour elle, avec son nom gravé dessus. Elle ne pouvait pas supporter l'idée que ces deux peuples qu'elle aimait tant se fassent la guerre.

Cette lettre n'a pas survécu aux troubles de la guerre ; elle n'existe plus. Les ennemis ont même prétendu qu'elle n'avait jamais existé.

Hitler se rendit à la clinique pour voir Unity. Elle était à moitié paralysée et ne pouvait plus parler. Il lui avait rapporté l'insigne en or. Elle l'avait pris, l'avait mis dans sa bouche et l'avait avalé. Hitler avait alors dit à Hoffmann, son photographe qui l'accompagnait : « Je commence à avoir peur. »

Grass

Günther Grass avait probablement pensé à cette scène lorsqu'il décrivit, dans son œuvre *Le Tambour*, le petit Oscar ouvrant l'épingle de l'insigne qui fit ensuite mourir son beau-père après qu'il l'a avalé.

Guérison partielle et mort précoce

Les médecins allemands refusèrent de procéder à une opération pour enlever la balle de son cerveau. En cas d'échec, la presse mondiale aurait parlé d'un meurtre volontaire perpétré par Hitler. Elle fut donc transférée en Suisse où, là aussi, les médecins n'osèrent pas prendre le risque. Hitler prit en charge l'intégralité des frais.

Lorsque son état s'était quelque peu stabilisé, ses parents prirent la décision de la transférer en Angleterre. Mais là aussi, les médecins refusèrent une opération. C'était trop risqué.

Inch Kenneth

Elle s'installa donc avec sa mère sur une île isolée de l'archipel écossais des Hébrides, qui appartenait à son père. Apparemment, elle s'était si bien rétablie qu'elle pouvait même conduire à nouveau. Pourtant, elle mourut d'une méningite causée par la balle à tout juste trente-trois ans.

Diana Mitford

Elle rentra en Angleterre où l'on dit qu'elle fit de violents reproches à son oncle, Winston Churchill.

Clementine Hozier, la femme de Churchill, était l'une des tantes de la fille Mitford. Le célèbre grand-père, qui avait traduit les écrits de H.S.C, eut en effet une relation amoureuse avec Lady Blanche, dont le mari était manifestement inapte à procréer. Clementine était sa fille. De fait, les familles étaient au courant.

« Que veux-tu donc obtenir ? Pourquoi voulais-tu cette guerre coûte que coûte ? »
« S'il elle n'avait pas eu lieu, tu te serais vite aperçu pourquoi elle était nécessaire. »

« Oui, et puis ensuite on construirait une autoroute et une voie ferrée en passant par le couloir de Dantzig, de Francfort-sur-l'Oder à Königsberg, et les Polonais encaisseraient tous les ans des sommes considérables sur les droits de transit, année par année, sans bouger le petit doigt et sans aucun frais. Dès le départ, les Polonais étaient d'accord, puis tu les as contraints à refuser en leur faisant des promesses insensées. Ils devaient conserver l'ensemble de la Silésie et la Prusse orientale, tout comme le Brandebourg, Berlin y compris. Et qu'ont-ils maintenant ? Leur ville, Varsovie, complètement détruite. »

« Certes, mais cela n'aurait été que le premier pas de l'hégémonie mondiale d'Hitler. »

« Mais maintenant, ce que tu as déclenché, c'est la fin de l'Empire britannique. Si nos forces sont immobilisées dans cette guerre, alors nous n'aurons plus de mainmise sur nos colonies et elles se battront pour réclamer l'indépendance. »

« Ce sont des idioties de bonnes femmes. Je vais te faire enfermer, toi et ta langue bien pendue. » Ce qui devait arriver arriva. Diana fut emmenée dans un camp d'internement.

Mosley

Mosley était en fait le frère du célèbre coureur cycliste. Il rentra lui aussi en Angleterre et voulu nettoyer les écuries d'Augias. Mais son parti fasciste n'avait aucune chance dans son pays. Il avoua lui-même sa défaite : « Quand on est sous un tas de fumier, on n'a pas d'autre solution que de l'enlever. »

Trump

En 2017, un personnage antisystème déclaré voulait assécher les marécages de Washington. Depuis, elle est visiblement resté embourbé dedans. Il a été élu car on le croyait capable d'éviter la guerre annoncée contre la Russie. Mais à présent, on ne l'autorise même plus à discuter avec Poutine. Si quelqu'un pouvait prouver que lui, ou l'un de ses collaborateurs, avait déjà pris contact avec Poutine auparavant, il y aurait certainement une procédure pour le destituer de ses fonctions.

Mais les procédures judiciaires sont fastidieuses. Peut-être que le CIA trouvera un moyen plus rapide pour se débarrasser de lui.

Préparations de guerre (2.7)

La lettre de Gandhi

Charles contribua à l'histoire qui suit. Des amis de Gandhi, qui partageaient ses désirs de paix, le poussèrent à agir contre la guerre mondiale qui pointait à l'horizon. Et effectivement, il adressa une lettre à Hitler :

Cher ami,

Je sais que vous n'êtes pas le monstre que décrivent vos ennemis, mais vous êtes le seul encore capable d'éviter cette guerre. Pensez à ce que je suis parvenu à faire avec de la résistance non-violente. Ne donnez la possibilité ni à Roosevelt ni à Churchill de fomenter une grande guerre.

Ce ne sont pas les mots exacts Gandhi, mais une restitution fidèle du sens de sa lettre. Hitler ne l'a jamais lue. Elle fut interceptée avant. L'Angleterre était alors toujours puissance coloniale en Inde.

Gandhi s'était refusé, avec succès, à envoyer à la guerre des Indiens. Ils avaient été des millions pendant la Première Guerre mondiale. Que ce soit pour créer une liaison entre Francfort-sur-l'Oder et Königsberg ou non, « nos citoyens ne doivent pas mettre leur vie en jeu ».

Sa lettre n'aurait probablement eu aucun effet sur le comportement d'Hitler parce qu'il savait que Roosevelt aspirait à cette guerre depuis 1932 et qu'elle devait se produire coûte que coûte, peu importe le prétexte.

La seconde lettre de Gandhi

Dans la lettre de Gandhi, ce sont surtout deux formulations qui ont suscité la grogne des Anglais. Tout d'abord la formulation « cher ami » ainsi que la phrase « je sais que vous n'êtes pas le monstre que décrivent vos ennemis ». Il dut écrire une seconde lettre à Hitler, avant Noël, dans laquelle il relativisait ces paroles. On y lit aussi des phrases qui ne peuvent être de la main de Gandhi : elle fut de toute évidence falsifiée. Cette lettre fut probablement livrée à son destinataire. Aujourd'hui, on peut la lire dans son intégralité sur Internet.

Fakir à moitié nu

Le jugement de Churchill sur Gandhi était univoque. Il s'indigna du fait que ce « fakir à moitié nu » eut l'insolence d'oser parler avec un gouverneur anglais. Et durant les grèves de la faim que Gandhi entreprit, il ne comprenait pas pourquoi on ne le laissait pas tout simplement mourir affamé.

Races inférieures

D'ailleurs, Hitler le rejoignait sur ce point. Le Führer avait demandé plusieurs fois à l'Angleterre de réprimer les soulèvements indiens par la force militaire, voire de tuer Gandhi et deux cents de ses sympathisants les plus influents dans le combat. Le sous-continent devait absolument rester une colonie anglaise, car les Indiens, qui représentaient une race inférieure, n'étaient pas en mesure d'arriver à la tête de l'État.

Les indo-européens

C'est en fait étonnant, car Hitler aurait dû savoir que les grands guerriers blancs qui avaient émigré du Nord vers le sous-continent, étaient des « Aryens », et dominèrent les autochtones, petits et de couleur. On le comprend dans le terme « indo-européen ». Les scientifiques allemands furent les premiers à étudier la parenté des langues indo-européennes. Les meilleurs connaisseurs du sanscrit étaient des professeurs allemands. La littérature du Véda et des Upanishad, considérée comme brillant exploit d'une culture savante de l'Inde ancienne, a été découverte dans des universités allemandes. Même la croix gammée vient de cette région et se dit « svastika » en sanscrit. Elle symbolisait la roue solaire et était un porte-bonheur pour les Aryens qui émigrèrent autrefois.

Subhas Chandra Bose

Hitler se refusait aussi la possibilité qui aurait pu déboucher sur une collaboration avec Bose. Cet homme, pratiquement inconnu en Europe, est l'une des plus grandes personnalités charismatiques de la guerre d'indépendance indienne. Sa statue se trouve aujourd'hui à Amritsar. Tout un chacun peut facilement se renseigner à ce sujet sur Internet. Bose ne croyait pas que la non-violence de Gandhi mènerait à l'indépendance. Il craignait même que les Indiens, seuls, ne parviennent pas à l'atteindre. Pour lui, il était absolument nécessaire que des forces étrangères viennent les soutenir ; et par forces étrangères, il sous-entendait l'Allemagne et le Japon. Mais comme évoqué précédemment, il n'avait aucune chance avec Hitler. Cependant, la guerre et son déroulement bouleversèrent tant de choses qu'une rencontre entre lui, Ribbentrop et Hitler eut lieu en 1942.

Volontaires

Gandhi avait refusé d'obliger les Indiens à participer au service militaire à cause des litiges fonciers de quelques kilomètres dans le couloir de Dantzig. Et pourtant, des millions d'hommes volontaires, surtout des Sikhs, s'étaient engagés pour combattre en Afrique, en Asie et en Europe auprès des Britanniques. Ce phénomène est difficile à expliquer. Était-ce dû à la misère économique ? Aujourd'hui, cent mille Africains se battent pour le Djihad, probablement dans l'unique but de survivre au solde qu'ils reçoivent. Ou bien est-ce parce que la caste des guerriers sikhs n'avait d'autre dessein que le combat ? Malheureusement, 3,5 millions de soldats engagés dans ce combat perdirent la vie. Le tribut de sang des Indiens pendant la Seconde Guerre mondiale compte parmi les plus lourds après la Russie, l'Allemagne, le Japon et la Pologne.

La Légion de l'Inde Libre

De nombreux Sikhs ont été faits prisonniers en Allemagne et au Japon. Parmi eux, Bose recruta des volontaires qui devaient se battre contre l'Angleterre. Ils prêtèrent serment à ce dernier ainsi qu'à Hitler. Ce groupement est devenu la Légion de l'Inde Libre. À la place du casque lourd, ils avaient le droit de conserver leur turban au front, qui faisait partie de leur religion hindoue, à ne pas confondre avec le couvre-chef des musulmans.

Femme et fille

Bose était loin d'être d'accord avec toutes les idées d'Hitler. Il était surtout contre ses lois raciales qui interdisaient, notamment, qu'une femme de nationalité allemande n'épouse un Juif, mais également un Indien. Lui-même était marié à une femme germanique, plus exactement autrichienne. Anita, sa fille unique, née en 1938, est toujours vivante et habite Augsbourg. C'est une professeure reconnue, émérite et mère de trois enfants. Bose continue de vivre à travers ses trois petits-enfants en Allemagne. Il est mort le 18 août 1945 à Taïwan dans un accident d'avion. Il y organisa des interventions contre les Américains.

Groupe sanguin

Les histoires que Charles racontait m'étaient totalement inconnues. Il me vint alors à l'esprit qu'un de mes proches parents, un médecin nommé Schell, avait fait sa thèse de doctorat sur les groupes sanguins. Une comparaison de la répartition en pourcentage des groupes sanguins entre les Sikhs et les Allemands devait permettre de donner une indication sur une parenté originelle. Je ne me souviens plus à quel résultat il avait abouti et si son travail avait eu des répercussions par la suite. Je me rappelle en revanche qu'il avait trouvé les Sikhs extrêmement aimables et coopératifs lors de leur collaboration.

Transport d'armes

Avec l'expérience de la Première Guerre mondiale, les Américains savaient que les sous-marins avaient rendu difficile le transport des armements jusqu'en Angleterre par l'Atlantique. Les navires allemands avaient fait sombrer trois mille cinq cents bateaux, et c'est pourquoi, dès 1932, ils envoyèrent en Angleterre camions, munitions, chars, fusils et canons par voie navale pour que tout soit déjà sur place au cas où une guerre se déclencherait. Mais comme les représentants élus du gouvernement, du Sénat et du Congrès ne devaient rien savoir, il était impossible de le faire de façon officielle. C'est la raison pour laquelle on confia cette mission à un étranger, un Grec du nom d'Onassis, car sa cargaison n'était pas contrôlée.

Onassis

Roosevelt et Churchill le connaissaient depuis longtemps car ils étaient dans la même loge maçonnique. En tant que citoyen grec, il n'avait pas d'impôts à payer et les Américains y virent donc une affaire rentable. Pendant la Première Guerre mondiale, Churchill avait instauré l'exonération fiscale pour les riches s'ils contraignaient le roi de Grèce, originaire d'Allemagne et germanophile, à émigrer.

Avec ses cent bateaux, Onassis avait une capacité raisonnable. Toutefois, quelques années avant le début de la guerre, Roosevelt trouva que cela n'était plus suffisant. De fait, il donna un congé à ses propres commandants et amiraux, car une comptabilité était tenue sur leur activité. Or, ni l'opinion publique, ni le gouvernement ne devaient être au courant de ces transports militaires. Les activités d'Onassis, simple particulier, de surcroît étranger, étaient quant à elles inintéressantes. Il pouvait ainsi transporter des armements en Angleterre avec des bateaux américains sans enregistrement.

Mais tout ne se passa pas comme prévu. Cette mission ne devait être dévoilée qu'à la fin de la guerre. C'est pourquoi

Onassis fut condamné (les États-Unis sont, comme chacun sait, un État de droit) à une amende de sept millions de dollars, non pas parce que ces transports étaient illégaux, mais parce qu'un paragraphe stipulait que la flotte de guerre américaine ne pouvait être conduite que par un citoyen américain, et Onassis était Grec.

Roosevelt, qui était à l'origine de cette idée, n'était plus de ce monde à l'époque du jugement. Mais en tant que président, il n'aurait de toute façon pas pu être poursuivi en justice.

Yacht Christina

Onassis a bien évidemment pris sa revanche pour ces affaires tant lucratives. Une fois par an, il invitait toutes les personnalités américaines de la politique sur son yacht de luxe, Christina, le yacht le plus luxueux de l'époque.

Il l'a baptisé du nom de sa fille. Churchill était le convive d'honneur qui acceptait toujours volontiers cette invitation, même quand il se retrouva cloué dans un fauteuil roulant et que Sarah, sa fille préférée, dut s'occuper de lui.

Le clan Kennedy était aussi de la partie chaque année. C'est à cette occasion qu'Onassis fit la connaissance de sa future femme, Jacqueline, alors mariée à John F. Kennedy. Elle écoutait avec passion la Callas, la diva de l'opéra qui, à cette époque, était mariée avec Onassis et réservait ses airs exclusivement à ce cercle de personnalités.

Pour Churchill, ces quelques élus étaient, comme lui, les surhommes prédits par Nietzsche. « L'homme est à la fois un déclin et une transition », est-il dit dans L'Antéchrist. Et cette élite avait déjà atteint le stade du surhomme libéré des valeurs morales chrétiennes.

À l'inverse, il y avait aussi les simples gens du peuple, beaucoup trop nombreux, auxquels appartenait Churchill, et dont la mort ne comptait pas.

La riposte

En parlant de Churchill en fauteuil roulant, Charles se rappela d'une petite anecdote. Jusqu'à son grand âge, il se faisait conduire au Parlement en fauteuil roulant. Quelques jeunes députés, qui n'avaient plus de respect pour le super-héros dans cet état, médisaient de lui : « Mais que fait encore ici ce vieillard baveux ? Il ne sort plus un seul mot. On dit qu'il est atteint d'une telle démence qu'il ne sait même plus où il est ! » À ce moment-là, Churchill, alors âgé de quatre-vingt-dix ans, se retourne et lance : « On dit aussi qu'il est sourd-muet. »

La raison pour laquelle il voulait continuer de se rendre au Parlement alors qu'il se refusait à participer aux débats était qu'en sa présence, il était assuré que les députés ne décideraient rien en faveur de l'Allemagne.

Réalité allemande (2.8)

Pour ou contre

Nous avions déjà bien picolé, et bien que nos « stories » ne fussent pas toujours très drôles, nous rîmes beaucoup. Puis on me demanda de raconter, de mon point de vue, la façon dont Hitler était perçu par les Allemands.

Alors que je n'avais que trois ans et demi au début de la guerre, j'avais gardé en mémoire certaines choses de mon enfance.

Ma famille était contre Hitler dès le départ, ce qui nous a valu de nombreux désavantages. Je partageais évidemment l'opinion de mes parents et, étant un enfant, ne comprenais pas que de bonnes connaissances, qui entretenaient une relation amicale avec nous, puissent soutenir Hitler.

Même un de mes oncles s'était engagé pour Hitler, ce qui causait chaque fois des disputes dans la famille quand il venait à la maison pour les vacances.

Avec le recul d'aujourd'hui, ma famille était parfaitement apolitique, et aucun d'entre nous n'a jamais lu *Mein Kampf*. Que l'on ait été pour ou contre, les arguments politiques n'étaient pas importants. C'était une décision que l'on prenait à partir d'un climat ; aujourd'hui, on dirait « par intuition ».

De par mon expérience, ce qui motivait la plupart des gens à adhérer au parti n'était pas le programme d'Hitler, mais les avantages qu'ils pouvaient en tirer. Tel est le profil type des sympathisants qui courtisent, partout dans le monde, les grands partis.

Juifs indésirables

Le gauleiter habitait juste au-dessus de chez nous. Il critiquait le fait qu'il n'y eut pas de panneau « juifs indésirables » au-dessus de la porte de notre magasin. « Il n'y a pas de juifs dans notre quartier. Je ne vais pas dépenser de l'argent pour ça. » Et c'était bien vrai.

Je fis la connaissance de juifs pour la première fois après la guerre, à l'âge de vingt ans.

Mais le gauleiter était d'un autre avis : « Là n'est pas la question. C'est une question d'un état d'esprit qu'il faut montrer. »

Sa requête échoua, même auprès de mon grand-père qui avait un Juif comme client habituel dans son magasin en centre-ville. « Il vient chez moi depuis plus de dix ans, et tant qu'il paiera, il achètera ce qu'il voudra. » Quand on y pense, c'était vraiment courageux et peu d'hommes d'affaires auraient osé répondre ainsi.

Plaisanteries

Madame Grimme, une femme issue du prolétariat, venait régulièrement dans notre magasin avec son talent digne d'une actrice. Un jour, elle déboula avec sa voix forte dans la boutique où plusieurs clients attendaient d'être servis et cria d'un air extrêmement dramatique : « Hitler a perdu sa gomme. » « Quelle sottise ! » « Non, non, pas du tout, car Churchill l'a retrouvée. Maintenant, il efface nos villes avec. » Aujourd'hui, on a oublié que le discours d'Hitler avait été prononcé après les premiers bombardements de Churchill sur les civils allemands : « S'il bombarde des villes allemandes qui ne sont pas des cibles militaires, alors, en contrepartie, j'effacerai les villes anglaises. »

Une autre fois, elle entra et dit : « Vous savez quoi ? Goebbels est à l'hôpital. »
« Qu'a-t-il donc ? »
« Il doit se faire opérer. »
« Quel genre d'opération ? »
« On doit lui recoller les oreilles. »
« Non, ce n'est pas possible. »
« Si, si, on les lui a mises un peu plus en arrière pour qu'il puisse ouvrir encore plus sa gueule. »

La brave madame Grimme prenait beaucoup de risques en disant cela. Si quelqu'un l'avait dénoncée, on l'aurait arrêtée. Il était interdit de faire des plaisanteries non seulement sur Hitler, mais aussi sur ses ministres, et encore moins sur Goebbels, son ministre de la propagande.

Weiß Ferdl

Le très apprécié comique munichois Weiß Ferdl devint célèbre car il jouait, dans un de ses spectacles de cabaret, le rôle d'un poissonnier vantant la qualité de ses produits au Viktualienmarkt avec ces mots :

Hering, Hering,

so fett wie der Göring.

Soit, en français : « Harengs, harengs, aussi gras que Goering. » Hermann Göring devint le bras droit d'Hitler après l'emprisonnement de Hess en Angleterre. Le comédien fut libéré trois jours après en raison de sa popularité. Il conserva ce numéro de cabaret dans son programme et tout le monde était impatient de savoir comment il allait désormais vanter ses poissons. Et effectivement, il cria à nouveau de manière tapageuse :

Hering, Hering

So fett ……… wie's letzte Mal.

Que l'on peut traduire par : « Harengs, harengs, aussi gras que… la dernière fois. »

Arrière-fond communiste

Il y avait toujours quelque part en arrière-plan les « Rouges » qui, après l'invasion de la Russie, avaient sympathisé avec Staline. C'était de plus en plus clair dans les conversations. Même moi, enfant, j'entendais beaucoup de choses que les adultes ne prenaient pas du tout en considération. J'ai ainsi entendu une cliente, madame Fritz, annoncer avec enthousiasme à ma mère après la catastrophe de Stalingrad : « Si Staline gagne, j'emménage dans votre jolie maison, et vous, vous vous louerez un appartement. »

A l'époque, je ne comprenais pas pourquoi madame Fritz aurait aimé emménager dans notre maison, et encore moins ce que Staline venait faire là. Cela dit, elle aurait eu raison si nous avions été en zone d'occupation soviétique, comme en RDA.

Chansons enfantines

Sa petite fille, Rita, était avec moi au jardin d'enfant. En chemin, elle nous chantait une petite chanson drôle et nous autres la fredonnions avec enthousiasme sans la comprendre.

> Tout est terminé,
> Tout est fini,
> Même Hitler et son parti.

Je ne sais pas qui a écrit cette chanson populaire. Les paroles originales sont les suivantes :

> Tout est fini,
> Tout est terminé,
> Après tout mois de décembre vient un mois de mai.

Sœur Selma

Même au jardin d'enfants, tout était fini et une nouvelle ère commençait. Les enfants devaient être éduqués dans l'esprit du national-socialisme et Sœur Selma, une femme potelée avec sa coiffe blanche et sa robe aux rayures bleues et blanches, dut céder face à une camarade sévère du parti.

Sœur Selma veillait toute seule sur soixante filles et garçons âgés de quatre à six ans. Elle nous apprit à chanter, à bricoler, à faire du crochet, et même les garçons devaient tricoter. J'étais tout le temps dépassé, car je n'arrêtais pas de perdre les mailles.

L'unique pièce, spacieuse, était ouverte à tous, mais nous restions la plupart du temps dans le jardin, une grande prairie avec quelques fleurs et une barre de gymnastique. Il était interdit de grimper aux arbres, mais on le faisait quand même quand Sœur Selma avait le dos tourné. Néanmoins, il y avait eu un grand émoi lorsqu'une fille y était grimpée et s'était cassé le bras en tombant.

Noël

Le grand moment de l'année, c'était à Noël, quand nous pouvions jouer le spectacle de la Nativité auquel les parents étaient conviés. Les grands pouvaient jouer Marie, Joseph, ou encore l'ange qui annonce qu'il descend des cieux. Tandis qu'ils devaient souvent apprendre par cœur des phrases compliquées, les plus jeunes, eux, jouaient des rôles plus faciles, comme l'âne ou le bœuf, parce qu'ils avaient seulement un masque à tenir devant leur visage. Les moutons des bergers dans les champs devaient simplement de temps à autre « meuh meuh ».

La nouvelle éducatrice

Ce Noël chrétien était maintenant terminé. Les enfants devaient être éduqués dans l'esprit du national-socialisme. Désormais, la nouvelle éducatrice nous demandait de :

> Joindre nos mains, baisser la tête,
> Penser très fort à Adolf Hitler,
> Qui nous donne notre pain quotidien,
> Et nous protège de la misère.

C'est ainsi que commença le premier jour de la nouvelle enseignante au jardin d'enfants.

Et ce fut mon dernier. Lorsque j'ai raconté ma journée à la maison, ma mère ne m'a plus laissé y retourner.

L'incendie du Reichstag

À l'étage supérieur de notre maison, mes parents avaient loué un appartement à un enseignant et à sa femme. Cette dernière souffrait terriblement du fait qu'elle ne pouvait pas avoir d'enfants, d'autant que lui aussi aurait bien voulu en avoir quelques-uns. Je me rendais souvent chez eux. C'est lui qui a pris les premières photos de moi. À l'époque, il était rare de posséder un appareil photo.

Il m'a également raconté beaucoup de choses. Un jour, notamment, il me parla de l'incendie du Reichstag qui s'était produit avant ma naissance. Mais ce qui m'est resté en mémoire, c'est cette monstruosité : le fait que les nazis aient eux-mêmes incendié le Reichstag.

Voilà ma vision des choses aujourd'hui : van der Lubbe était le terroriste, mais les nazis ont rapidement découvert son projet, qui tombait à pic et qu'ils comptaient utiliser comme prétexte pour poursuivre les communistes. Ils ont ainsi tout mis en œuvre pour que van der Lubbe puisse mettre son plan à exécution sans problème. Avec cet événement spectaculaire, Hitler a pu imposer sa loi sur les pleins pouvoirs et devenir dictateur à vie.

11 septembre : World Trade Center

Certains font un parallèle avec le 11 novembre et l'attaque des tours jumelles où les terroristes et leur projet étaient connus des services secrets américains qui les ont laissés faire afin de trouver un prétexte pour intervenir en Irak et en Afghanistan.

Réalité et propagande

Mes histoires eurent plus de résonance que ce que j'avais espéré et provoquaient souvent l'hilarité auprès de mes amis anglais qui ne connaissaient la réalité de la Grande Allemagne qu'à travers les films de Leni Riefenstahl, tels que *Le Triomphe de la volonté*, *Congrès de Nuremberg* ou *Olympiade à Berlin*.

La politique du Secret Intelligence Service (2.9)

Bürgerbräukeller

« Ta dernière histoire sur l'incendie du Reichstag est une bonne transition pour mes deux histoires sur la Bürgerbräukeller et l'incident de Venlo », lança Charles.
À la Bürgerbräukeller, une brasserie munichoise, Hitler aurait dû périr dans un attentat. Il y tenait régulièrement un discours devant ses plus fidèles partisans. Une manifestation comme celle-ci durait en général au moins deux heures, soit de 20 heures à 22 heures. Mais ce soir-là, Hitler dut partir plus tôt car un vol pour Berlin l'attendait. Il quitta le pupitre à 21 heures. Derrière ce pupitre se trouvait un pilier où un malfaiteur avait creusé un trou pour y placer une bombe.
La bombe explosa le 8 novembre 1939 à 21h10, fit six morts et cinquante blessés. Si Hitler n'était pas parti dix minutes auparavant, l'explosion l'aurait touché de plein fouet.

Ce salut de justesse fut un énorme succès de propagande, car on croyait désormais que la Providence avait touché Hitler.

Providence et calcul

En vérité, ce sont les services secrets anglais qui informèrent la Gestapo qu'Elser avait obtenu quatre mille marks à Zurich pour préparer l'attentat contre Hitler.

Il appartenait à un groupe de résistants communistes, Agitprop, mais travaillait seul après l'interdiction du parti de gauche. Or, il était sous haute surveillance et l'on remarqua qu'il se laissait enfermer tous les soirs à la Bürgerbräukeller. Les services de la Gestapo enregistraient à chaque fois minutieusement l'avancée de la cavité dans le pilier. Une fois le matin levé, il refermait soigneusement son chantier. Le soir où Hitler tenait son discours, la Gestapo savait que le détonateur était réglé sur 21h10.

Fuite

Il n'était pas difficile à deviner qu'il s'enfuirait ensuite à l'étranger pour se mettre en sécurité. C'est pourquoi on le pista discrètement et qu'on plaça des sentinelles à tous les postes-frontières. C'est grâce à cela qu'Elser put être attrapé à la frontière suisse avant que la bombe n'explose. Les traces de plâtre et de mortier sur ses vêtements étaient clairement visibles et constituaient un indice.

Question

Pourquoi Hitler n'a-t-il pas empêché cet attentat qui tua tout de même six de ses partisans et causa cinquante blessés ?

Probablement car son mouvement a rencontré un plus grand succès en envoyant cet attentat devant les tribunaux dans le cadre d'un grand complot auquel bon nombre de ses généraux avaient pris part que s'il avait attrapé un malfaiteur avant qu'il n'ait pu commettre son attentat.

Churchill voulait à tout prix préserver la vie d'Hitler. « Il est notre meilleur allié. Sans lui, nous n'aurions aucun prétexte pour anéantir l'Allemagne dans les yeux de l'opinion publique. Nous ne combattons pas les nazis, nous combattons le peuple allemand. Il menace notre suprématie. »

Conspiration

Quelques jours après l'offensive en Pologne, Hitler avait fait une proposition de paix aux Anglais. Ils la refusèrent avec comme justification : on ne négocie pas avec le Führer. Mais comme les généraux allemands étaient convaincus qu'une guerre contre l'Angleterre mènerait à une nouvelle guerre mondiale, ils essayèrent par tous les moyens de rétablir la paix qui n'était visiblement pas possible entre l'Angleterre et Hitler. Ils décidèrent alors d'emprisonner ce dernier et de le destituer. Ils voulaient ainsi s'assurer que l'Angleterre serait elle aussi d'accord pour conclure la paix. Canaris insista sur le fait qu'Hitler ne serait pas tué, contrairement à ce qu'avait dit Bonhoeffer en 1944.

Ils envoyèrent des négociateurs auprès de Chamberlain, qui considérait, comme la majorité de ses membres de cabinet, qu'une guerre était absurde car il était clair pour eux que l'empire britannique n'en sortirait pas indemne.

Ils auraient conclu un accord à la condition qu'Hitler soit destitué.

Seul Churchill était contre. Il fut mis en minorité.

La Liste de Churchill

Afin de pouvoir malgré tout imposer sa volonté, Churchill mit en place une ruse. En sa position de chef du SIS, il prit contact avec la Gestapo allemande qui lui révélèrent les plans des généraux incluant la liste complète de tous les noms. Le nom d'Elser se retrouva sur cette même liste.

Ignorance

Chamberlain et ses membres de cabinet n'en savaient rien. Ils n'auraient jamais cru possible une telle infamie. C'est la raison pour laquelle ils admirent après l'attentat à la Bürgerbräukeller que le plan qui visait à tuer Hitler fut effectivement mis en pratique. Chamberlain envoya alors ses deux négociateurs le lendemain près de Venlo, de l'autre côté de la frontière néerlandaise, pour prendre contact avec les conspirateurs.

L'incident de Venlo

De l'autre côté de la frontière, ils furent attendus et salués amicalement : « Nous vous attendions. » « Vous êtes au bon endroit. » « Vous voulez destituer le Führer avec l'aide des généraux allemands. » « Je me présente : Schellenberg, chef de la Gestapo allemande. » Les négociateurs britanniques étaient tombés directement entre les mains des services secrets allemands. Ils furent interrogés et immédiatement emprisonnés. Ils furent libérés seulement après la guerre en mai 1945.

Capitulation sans condition

Désormais, les services secrets britanniques étaient complètement découverts, et cela ne pouvait que convenir à Churchill. Il ne voulait aucune négociation et insista sur la capitulation sans condition, autrement dit qu'aucun droit ne puisse plus jouer de rôle après la défaite. L'Allemagne devait subir un déclin total, comme Carthage après la troisième guerre punique. C'était l'exemple historique.

Les généraux allemands

De nos jours, l'idée que les généraux allemands ont été des béni-oui-oui, des dégonflés et des sujets obéissants est largement répandue. Or, les événements qui se sont produits près de Venlo prouvent le contraire. Tant de commandants étaient impliqués dans la conspiration contre Hitler que ce dernier dut se résoudre à les châtier. Son armée en Pologne se serait retrouvée presque sans généraux. Ce n'est qu'après l'attentat de Stauffenberg en 1944 qu'on leur demanda des comptes et qu'ils furent exécutés.

Mais il faut aussi se rappeler le général Paulus qui, allant à l'encontre des ordres d'Hitler, partit en combat à Stalingrad avec 100 000 hommes en captivité parmi lesquels seuls 10 000 survécurent. Ou encore Choltitz, qui céda Paris sans résistance, alors qu'Hitler avait transformé cette ville en forteresse, ce qui aurait eu comme conséquence la destruction complète de la ville.

Premières opérations militaires (2.10)

À Dantzig et dans ses environs

Ce fut ensuite au tour de Houston. Grâce à ses recherches, il avait déjà accumulé beaucoup de détails concernant les premières opérations militaires. Contrairement à ce qui fut officiellement dit, le rouleau compresseur allemand n'aurait pas laminé les Polonais, pris par surprise, aussi facilement que cela. Ces derniers avaient une armée bien préparée, parfaitement équipée et composée d'un million de soldats qui s'étaient livrés vaillamment au combat. Hitler lui-même concéda aux Polonais un courage héroïque et contredit expressément les dires de la presse mondiale, qui prétendait qu'il avait balayé la résistance polonaise d'un revers de main.

Prédictions

Personne ne s'attendait à ce que les Polonais doivent se retirer de Dantzig seulement quelques jours après le début des combats et avouer leur défaite quinze jours plus tard. Churchill ne faisait pas exception. Lorsqu'il accepta de leur porter assistance, il partait du principe que les Polonais sortiraient rapidement vainqueurs, et il était certain qu'un soutien militaire n'était pas nécessaire. Les premières dépêches des grands quotidiens, le Times à Londres et Le Monde à Paris, annonçaient une victoire écrasante de la cavalerie polonaise sur les Allemands. Ces articles avaient été écrits des semaines avant le début de la guerre, puis imprimés de manière précipitée le tout premier jour de cette dernière. Aujourd'hui, il est possible de les lire dans les archives des éditeurs.

Erreur d'appréciation

Une telle erreur de jugement n'était pas surprenante quand on sait que, depuis le traité de Versailles, l'Allemagne n'avait le droit de mobiliser que cent mille hommes. Une armée plus petite que celle de la République tchèque ou des Pays-Bas. Et Hitler n'avait que quelques années pour l'équiper. La Pologne avait pu tirer parti plusieurs fois de cette faiblesse militaire. En août 1919 et en août 1920, son armé avait déferlé sur le territoire impérial. La marche sur Berlin et la conquête de la Silésie prévues en 1930 et 1931 n'ont pas été menées à bien car le gouvernement français, après mûre réflexion, n'avait plus souhaité y prendre part.

L'hésitation de Staline

Même Staline n'était pas certain que les Allemands réussissent à contrer avec succès l'armée polonaise, composée de millions d'hommes. Il décida donc d'attendre le 17 septembre, soit seize jours après le début de la guerre, avant de faire avancer son armée jusqu'à la ligne de démarcation convenue dans son pacte avec Hitler. Les groupes ne se rencontrèrent que le 18 septembre à Brest-Litovsk, qui se trouvait alors sur cette ligne et qui devait séparer les zones de domination des deux grandes puissances.

Capitulation à Varsovie

Dix jours plus tard, Varsovie dut capituler. Le gouvernement polonais s'enfuit à l'étranger et, avec elle, cent mille combattants politiques qui voulaient poursuivre la résistance depuis l'étranger. Cependant, avec le refus de Churchill de bouger le petit doigt pour apporter l'aide promise en cas d'attaque, les Polonais se sentaient délaissés par l'Angleterre.

Churchill disait à propos de l'attaque des Russes : « De toute façon, l'assistance n'aurait été valable que contre l'attaque allemande. »

Il ne voulait pas altérer ses relations avec Staline.

Faits alternatifs

Pourtant, Churchill devait une explication aux Polonais de les avoir laissés tomber, aussi bien lors de l'attaque des Russes que de celle des Allemands.

Il déclara que l'occupation de Staline en Estonie et en Lettonie ainsi que dans les territoires à l'est de la Pologne jusqu'à la ligne de démarcation était un grand succès.

« Ainsi, nous avons érigé un rempart pour endiguer l'envie de conquête d'Hitler vers l'Est. »

Churchill est-t-il parvenu à rassurer les Polonais avec cette explication ? Autrefois, il n'existait pas encore le concept de « faits alternatifs », mais la torsion d'un fait comme Churchill l'a fait ici correspond exactement à ce concept.

Un dimanche sanglant à Bydgoszcz

Entre-temps, la guerre en Pologne devenait de plus en plus terrible. Les soldats polonais qui avaient battu en retraite dans la ville de Bydgoszcz, habitée en grande partie par des Allemands, s'étaient vengés sur ces derniers en commettant des massacres, ce qui conduisit les soldats allemands à se venger à son tour sur la population polonaise.

Des officiers de la vieille école, qui considéraient l'honneur et la courtoisie comme des valeurs fondamentales, voulaient punir les actes de violence, le rançonnement, le pillage et les exécutions perpétrés par les Allemands. Or, Hitler interdit une répression de ces crimes et justifia cette décision par la crainte d'un affaiblissement de la portée de son armée dans un tel contexte de guerre critique.

Aujourd'hui encore, selon le droit américain, cette même justification rend la répression de soldats américains dans les zones de guerre impossible.

Drôle de guerre (2.11)

La guerre à l'Ouest

À l'Ouest, c'était le calme plat. Hitler avait transmis l'ordre de ne pas tirer et de ne pas poser le pied en terre ennemie, ne serait-ce qu'un mètre, sans son accord. Depuis le pacte Briand-Kellogg, les guerres de défense étaient autorisées, mais pas celles d'attaque. La France et l'Angleterre avaient adhéré à ce pacte, de même que l'Allemagne. Si cette dernière n'attaque pas ces pays, elle ne pourra pas être qualifiée d'agresseur. C'est pourquoi Hitler attendit que ce soient eux qui attaquent les premiers afin que ce soit eux, les criminels de guerre. Cela conduisit à une drôle de guerre, une « phoney war », comme disent les Anglais.

Mines d'eau

Churchill était doté d'une imagination débordante. À l'origine, il voulait devenir romancier. *Savrola*, son premier grand roman, parle d'un héros révolutionnaire, auquel il prête ses propres traits, qui sort grand vainqueur de tous les combats. Ce nom est dérivé de *Sanavarla*, nom que portait un moine qui finit sur le bûcher à Florence.

Inventif, Churchill proposa de jeter des dizaines de milliers de mines d'eau dans la Moselle, au-dessus de Trèves, côté français. Elles devaient ensuite exploser près des villes qui longeaient le fleuve dans une bruyante détonation, jusqu'à Coblence, là où la Moselle se jette dans le Rhin, pour que les villes rhénanes puissent profiter de ce feu d'artifice.

Cependant, Paris boycotta cette proposition, avançant que certaines mines pourraient éventuellement continuer leur route jusque dans la partie néerlandaise du Rhin et que les Pays-Bas, qui étaient plutôt du côté des alliés, mais officiellement neutres, seraient susceptibles ne pas apprécier cette idée.

Sarre

En Sarre, six villages se trouvaient en dehors de la ligne Siegfried, la ligne fortifiée allemande. Après la déclaration de guerre des alliés, ils furent évacués. Un général français ne voulait pas permettre que l'on s'empare de ces lieux. Il était possible de tirer sur ces Français car ils étaient considérés comme des envahisseurs. Ce n'était pas une guerre d'attaque ; il s'agissait de se défendre. Deux milles jeunes Français payèrent de leur vie l'aventure de ce général.

Narvik

Quand on est en guerre, on a besoin de fer et d'acier. L'Allemagne en possédait très peu. Elle utilisait le minerai de fer de la mine de Kiruna, en Suède. Il était transporté par bateau depuis le port voisin de Narvik. Les Anglais le savaient. Churchill, qui fut nommé commandant en chef de la flotte au début de la guerre, voulait bloquer cette voie maritime. L'ensemble des ports norvégiens – Bergen, Tromsø, Hammerfest etc. – devaient être minés pour que les bateaux allemands ne puissent plus s'approcher des berges et soient repoussés au large. Ils pouvaient ainsi être facilement interceptés par la flotte anglaise qui les coulait.

Déroute

Pendant que le cabinet de guerre anglais débattait pour savoir quel bateau devait miner quel port norvégien, on leur livra un message : « Hitler a déjà pris possession du port de Narvik. » S'insurger sur la violation de la souveraineté de la Norvège ne servait à rien. Comme si les Britanniques avaient demandé l'autorisation aux Norvégiens de miner leurs ports.

Première défaite

Churchill devait agir. Toute la flotte de guerre britannique partit pour Narvik et fut mise en déroute par trois bateaux allemands, qui étaient d'ailleurs les seuls que l'Allemagne possédait. L'ensemble de la flotte impériale dut en effet être livrée aux Anglais après la Première Guerre mondiale. Il faut du temps pour construire un bateau, et Hitler n'avait jusque-là pas réussi à en construire plus.

Scapa Flow

À l'époque, la flotte de guerre allemande fut détenue à Scapa Flow. Mais le commandant en chef allemand n'effectua pas le transfert et pris l'initiative de saborder l'ensemble de la flotte. Tous ces bateaux aux fiers noms se trouvent aujourd'hui encore au fond de la mer, constituant le plus grand cimetière de bateaux au monde. À ce cimetière vint s'ajouter, le 14 octobre 1939, le premier bateau anglais, le Royal Oak, coulé par un sous-marin allemand. Un lieu symbolique.

La démission de Chamberlain

L'amateurisme de l'amiral en chef Churchill a été vécu comme une telle ignominie qu'il y eut des conséquences inévitables. Neville Chamberlain assuma la responsabilité pleine et entière de l'échec de son amiral en chef et démissionna. Et – ô divine logique ! – qui nomma-t-on comme son successeur au poste de chef suprême des armées, doté de pouvoirs dictatoriaux ? Ce génial Churchill, précisément.

Blitzkrieg (2.12)

Fin de la drôle de guerre

Lorsque Berlin fut mis au courant, il était clair qu'avec Churchill, il n'y aurait ni négociations ni retour en arrière. La drôle de guerre se transforma en une guerre éclair. Hitler dut intervenir : l'offensive à l'Ouest commença le 10 mai 1940, et du 27 mai au 4 juin, des combats faisaient encore rage autour de Dunkerque. Puis la guerre éclair se termina avec la victoire de l'armée qui alliait soldats français et anglais.

Du sang, de la sueur et des larmes

Churchill était en fonction depuis dix jours. Au début de sa prise de poste, il avait tenu son célèbre discours : « Je ne peux que promettre du sang, de la sueur et des larmes », en anglais : « I have nothing to offer but blood, toil, tears and sweat. » Deux semaines plus tard, il devait démontrer à nouveau ses qualités de fin stratège.

Black dog

Churchill le reconnut, Hitler avait vaincu. « Mais c'est la bêtise de ses généraux qui lui a coûté la victoire. » Ces derniers avaient en effet omis d'emprisonner les soldats anglais battus. C'était l'avis de Churchill. La guerre aurait alors pris fin. Et effectivement, dans ce cas, les hommes politiques anglais qui souhaitaient la paix ne se seraient pas fait dicter plus longtemps la poursuite de la guerre par Churchill.

Supercherie ?

On ne sait pas si Churchill a sciemment usé de supercherie ou s'il ne savait vraiment pas que les généraux allemands avaient entrepris la capture des Anglais et qu'Hitler les en avait personnellement empêchés. Il avait intentionnellement rendu possible la fuite des Anglais en supposant que s'il leur épargnait la honte de la capture et laissait leur fierté indemne, il pourrait davantage compter sur le pacifisme des membres du gouvernement anglais qui lui étaient favorables.
Sur ce point, il s'était complètement trompé.

Sauvetage

Dans cette partie étroite de la Manche, trois cent mille soldats britanniques purent s'échapper vers l'Angleterre. Quatre-vingt-cinq mille soldats français réussirent également à traverser la mer. L'ensemble du matériel militaire des deux armées sombra, tout comme l'équipement qu'Onassis avait transporté des années durant. Il ne restait qu'une semaine pour ce sauvetage : du 27 mai au 6 juin 1940.

Sans combattre

Dix jours plus tard, les troupes allemandes entrèrent dans Paris sans combattre, tandis que la grande majorité de l'armée française battue se retira à Bordeaux. C'est le Maréchal Pétain, alors âgé de 84 ans et grand héros de Verdun lors de la Première Guerre mondiale, qui décida de battre en retraite et de renoncer au combat.

Capitulation

Il conclut la capitulation le 22 juin 1940 à Compiègne dans le même wagon historique où le dictat de la honte, le traité de Versailles, avait été signé. Il fut décidé que le nord de la France passerait sous administration allemande, tandis que le Sud conserverait un gouvernement français autonome. Le gouvernement français provisoire dut d'ailleurs être déplacé à Vichy, car, pour des raisons techniques de défense, les côtes de la Manche et de l'Atlantique furent occupées et fortifiées. Le nouveau président de la France devait devenir Pétain.

Collaboration

Pour ravitailler la population dans le sud de la France comme pour maintenir le commerce et toute forme de vie publique, il était nécessaire de coopérer avec les Allemands. Pétain refusa catégoriquement le souhait d'Hitler de voir la France devenir son alliée et s'engager dans le combat contre l'Angleterre. Il voulait qu'elle reste neutre. Pétain put malgré tout conserver son armée et l'ensemble de sa flotte qui était la plus grande après celle des Anglais. Elle devait garantir la suprématie de la France de Vichy sur ses colonies algériennes, marocaines et tunisiennes. Hitler libéra également deux millions de prisonniers de guerre français.

Paris

Hitler voulait s'assurer la sympathie de la France. À la fin de la guerre, celle-ci retrouverait ses anciennes frontières, à l'exception de l'Alsace et de la Lorraine, qui devaient rester allemandes. Malgré l'occupation, la vie culturelle à Paris ne devait pas s'arrêter. De nombreux grands artistes et acteurs français purent poursuivre leur carrière : Cocteau, Max, Ophüls, Jean Marais, Giraudoux, Anouilh et beaucoup d'autres assuraient la difficile tâche du divertissement dans la capitale. Pour l'occupant, être envoyé à Paris était considéré comme un privilège. Le champagne et les vins français de choix, présents en quantités abondantes, faisaient de presque chaque jour une fête.

Pétain

Après la guerre, Pétain et tous ses collaborateurs furent attaqués avec véhémence. Le maréchal, alors âgé de 89 ans, fut même condamné à mort pour ne pas avoir continué le combat et avoir collaboré avec l'ennemi. Toutefois, le général de Gaulle commua sa peine de mort en réclusion à perpétuité.

Le général de Gaulle

Lui-même prit une autre décision que celle de Pétain. Il était avec l'ensemble des généraux à Bordeaux lorsqu'il apprit que quatre-vingt-cinq mille soldats français avaient pu prendre la fuite pour l'Angleterre. Comme il détenait la totalité du trésor de guerre, il décida de partir à Londres avec ces fonds, ce qu'il parvint à faire. Une fois là-bas, il prêta serment aux soldats français et proclama le gouvernement en exil. Quatre jours plus tard, le 22 juin 1940, Pétain capitula. Les mauvaises langues disent que c'est parce qu'il n'avait plus d'argent. De Gaulle avait emporté le trésor de guerre avec lui.

Nous ne sommes pas tout seuls

Churchill fut tout d'abord ravi de ce renforcement. Il confia à de Gaulle une information encore top secrète : la situation n'était absolument pas désespérée car Roosevelt, qui avait accepté l'entrée en guerre depuis longtemps, y avait méthodiquement travaillé depuis 1932 et que les travaux d'armement étaient presque terminés. Tout ceci était bien évidemment classé secret défense. Même à Washington, seuls quelques membres du gouvernement étaient au courant. De Gaulle ne devait donc rien dire de tout cela dans son allocution radiophonique. Il pouvait seulement dire : « Nous ne sommes pas tout seuls », ce qui signifiait qu'il attendait soutien et aide. De qui ? C'était facile à deviner.

Devoir d'information

On transmit un échange oral intéressant entre Roosevelt et un de ses ministres qui eut lieu au Congrès. Après l'annonce par le président de l'entrée en guerre des États-Unis et de l'investissement de milliards de dollars depuis des années à cette fin, un ministre objecta qu'il l'avait fait sans en avertir le parlement. Personne parmi les membres du gouvernement n'était au courant. Roosevelt lui répondit alors : « Je réprimande avec force vos dires car, en tant que membre du gouvernement, vous êtes tenus de vous informer de tout ce qu'il se passe. » Seulement, comment aurait-il pu remplir son obligation si cette affaire était top secrète ?

Depuis le début de la Première Guerre mondiale, aux États-Unis, la politique ne passe plus par le gouvernement élu, mais exclusivement par les services secrets.

Les tentatives de prise du pouvoir au Yémen, qui causent chaque année plus de trois mille victimes, soit dix morts par jour, se produisent sans que le Sénat ou le Congrès ne débattent de l'objectif de ces dernières. On apprend seulement de temps à autre que quelque chose a très mal tourné, comme par exemple quand une réception de mariage de cent cinquante invités est touchée et décimée par erreur.

Le gouvernement français en exil (2.13)

Actes de barbarie

Mais quand les États-Unis vont-ils intervenir dans la guerre ? Telle était la question. La majorité de la population américaine était contre une participation de leur pays aux guerres européennes. Roosevelt avait donc besoin d'un acte de barbarie qui provoquerait un tollé au sein son peuple afin d'enclencher l'entrée en guerre. On répandit différentes rumeurs qui n'eurent finalement aucun effet. Walt Disney devait réaliser un dessin animé qui illustre Hitler mangeant tous les matins au petit-déjeuner un nourrisson bien en chair. Mais comme on s'était moqué de lui peu de temps avant en le faisant passer pour un végétarien, cela ne paraissait pas être une bonne idée. On proposa alors de montrer des soldats SS en train d'éventrer des femmes enceintes et de manger leurs embryons autour d'un feu de camp. Là encore, l'idée fut écartée, car on préférait plutôt montrer les SS sous les traits de barbares dévorant des sangliers crus que comme des amateurs de mets extravagants.

Eugénisme

Pendant ce temps, ce qui était vraiment inhumain en Allemagne, c'est la mort médicalisée des personnes porteuses d'un handicap congénital, que l'on désignait par le joli mot « euthanasie ». Cela suscita de grandes protestations, même dans le pays. Mais on n'estima pas que cela justifiait une guerre. Les premiers scientifiques reconnus à l'échelle internationale à se déclarer en faveur de l'eugénisme venaient en effet des États-Unis. C'est là que la science de la sélection des génomes sains trouvait son origine.

Lois anti-juives

Les lois qui interdisaient le mariage d'Aryens avec des juifs, de même qu'avec d'autres « races », étaient plébiscitées par les juifs orthodoxes. Afin de préserver leur identité, ils ne voulaient pas se mélanger. On dit même qu'Hitler aurait promis à Rothschild en contrepartie du financement de sa campagne électorale, de faire passer ces lois. Encore aujourd'hui, en Israël, un Juif n'a pas le droit de convoler avec une femme non Juive. Il n'existe pas de bureau de l'état civil. Seul un rabbin peut marier un couple. Si les partenaires ne correspondent pas aux critères, alors ils doivent aller à l'étranger pour se marier (Chypre est l'État le plus proche). Ce mariage est également reconnu en Israël.

Mers-el-Kebir

L'alliance entre de Gaulle et Churchill fut mise à rude épreuve lorsque ce dernier attaqua par avions et saborda la flotte française à Mers-el-Kebir. Celle-ci devait garantir la souveraineté du régime de Vichy sur ses colonies africaines. Cependant, Churchill pensait qu'Hitler pouvait s'approprier cette grande flotte de guerre à ses fins pour combattre l'Angleterre, ce qui, selon toute probabilité, était inexact. La flotte neutre d'un pays qui n'était pas en état de guerre contre l'Angleterre fut donc coulée, violant ainsi le droit international et tuant mille trois cents marins français.

De Gaulle ne pouvait pas laisser passer cela sans rien dire. « C'est un crime de guerre », a-t-il dit à Churchill. Bien entendu, ce dernier lui répondit en riant : « Mais, si c'est moi le vainqueur, alors ce n'est pas un crime de guerre. » Très fier de son français, il ajouta même, dans la langue de Molière : « Si vous m'obstaclerez, je vous liquiderai. » Churchill était doté d'une grande créativité verbale.

Un morceau de filet

Il y avait encore d'autres points de discorde. Roosevelt avait entendu parler du fait que le morceau le plus précieux des Français se trouvait en Indochine française : on y trouvait une population intelligente et riche où il y avait beaucoup à prendre. Il demanda à Churchill s'il le moment n'était pas propice pour faire main basse sur cette région coloniale. « J'ai appris que de Gaulle était actuellement avec toi, à Londres. Ne pourrais-tu pas t'en débarrasser ? » La réponse de Churchill fut celle-ci : « Pour le moment, il a prêté serment à quatre-vingt-cinq mille Français, mais après la guerre, on trouvera bien un moyen. »

Le fils de Roosevelt

Une lettre du fils de Roosevelt confirme que son père était très inquiet de la façon dont la France maltraitait les Vietnamiens, et qu'il aurait volontiers pris en charge ce pays pendant quelques années pour les préparer à un futur développement démocratique. Cela valait aussi pour toutes les colonies anglaises. Roosevelt voulait faire passer l'intégralité de ces dernières sous administration américaine, car il pensait que le gouvernement américain était plus à même de s'en occuper que le gouvernement anglais.

L'interprétation de Churchill

Il accueillit cette intention de façon tout à fait positive. Il ne s'agissait en aucun cas d'une prise de possession, mais d'une union des deux grandes puissances d'égal à égal.

Discordance

Churchill, le petit homme grassouillet, et de Gaulle, le géant de presque deux mètres, s'éloignaient de plus en plus l'un de l'autre. Ils ne faisaient pas du tout bon ménage. De Gaulle était un homme fin et cultivé, alors que Churchill était parfaitement inculte. Lorsqu'on le présenta à Greta Garbo, la divine diva inaccessible, il saisit sa poitrine devant les caméras qui filmaient. Il ne comprenait pas pourquoi les gens s'agitaient ainsi. « Je voulais seulement voir si c'étaient des vrais. »

Au Dolder, une noble institution à Zurich, on lui servit un excellent Riesling sec, ne sachant pas qu'il ne buvait que du porto sucré et du Bordeaux capiteux. Le vin blanc lui sembla si aigre qu'il le cracha dans l'assiette de sa voisine de table. Là non plus, il ne comprit pas l'indignation des gens. On lui apporta une autre assiette. C'est pour cette raison que les Anglais l'appelaient « guttersnipe », ce qui signifie plus ou moins « gamin des rues » ou encore « canaille ».

X-Day

De Gaulle fut écarté de toutes les décisions politiques par Churchill. Il n'apprit le débarquement des alliés en Bretagne que la veille. Lors du bombardement des villes côtières françaises, on ne prêta guère attention à la population civile. La destruction totale de Saint- Malo, de la magnifique ville de Caen ou encore de Marseille, sous prétexte que des soldats allemands s'y étaient retranchés, était totalement injustifiée.

Casablanca

Le violent débarquement au Maroc et la conquête de Casablanca étaient contraires au droit international. L'administration du régime neutre de Vichy y prévalait encore. Toutefois, les combats engagés contre les Français fidèles au gouvernement prirent fin rapidement en raison de la supériorité des Britanniques et des Américains. « Seules » quelques centaines de soldats français perdirent la vie. Churchill, accompagné de Roosevelt, put organiser la conférence de Casablanca et y démarrer la campagne d'Afrique du Nord.

Après la guerre (2.14)

Parade victorieuse

Churchill s'était imaginé une marche triomphante dans Paris. Il se voyait lui-même en tête du cortège triomphant avec ses troupes, suivi des Américains, des Polonais, et tout à la fin, de Gaulle avec ses Français.

La bataille de Paris

Il s'était véritablement réjoui de la bataille de Paris, dans laquelle il aurait pu réduire en cendres tous ces somptueux bâtiments. Mais ses plans furent contrecarrés par le général Choltitz, qui rendit la ville sans résistance, contre les ordres d'Hitler.

Marche

De Gaulle saisit cette opportunité pour marcher dans la ville le premier avec ses Français, tandis que Churchill était encore occupé avec la préparation de son cortège.

De plus, le général eut l'occasion d'empêcher que des combattants communistes de l'ombre, qui avaient installé leur QG dans les usines Renault, ne puissent proclamer une république soviétique à Paris, à l'image de ce qu'avait fait Staline.

Prostituées

Churchill demandait toujours aux services secrets de lui partager les meilleures blagues qui circulaient dans les régions espionnées. Lorsqu'il entendit celle de deux prostituées qui se lamentaient parce que les affaires se portaient mal, il en conclut que, si les soldats allemands n'avaient plus envie de copuler, c'était que leur moral au combat était au plus bas. C'était le moment d'attaquer.

Et voilà la blague. L'une d'elle dit : « Tu sais, aujourd'hui, j'ai dû le faire pour un morceau de pain », ce à quoi l'autre répondit : « Et moi juste pour avoir à nouveau quelque chose de chaud dans le ventre. »
Ces femmes qui avaient eu des relations avec des Allemands eurent un destin tragique à la fin de la guerre : on leur coupa les cheveux, on les traîna dans la rue et bon nombre d'entre elles furent exécutées.
Une courtisane, qui fut traduite en justice en raison de sa relation avec des Allemands, s'excusa avec éloquence : « Mon cul est international. »
Cette dame du monde fut elle aussi traînée dans les rues de Paris, les cheveux tondus.

Séparation (2.15)

Voie unique

De Gaulle voulait se débarrasser de l'Angleterre et des États-Unis. Il voulait une Europe des nations sans l'Angleterre. Ce pays était devenu un vassal des États-Unis et n'avait rien à faire en Europe. La France n'adhéra pas non plus à l'OTAN et de Gaulle tenait à ce que le pays se dote lui-aussi de la bombe atomique pour ne plus avoir à dépendre des États-Unis et de l'Angleterre. On appela cette arme « force de frappe », pour se moquer.

L'amitié franco-allemande

De Gaulle savait que les Français et les Allemands étaient en réalité des peuples frères. Cette amitié remonte au temps de Charlemagne, dont les descendants devinrent respectivement souverains des royaumes occidental et oriental de Francie, avant que ces nations ne deviennent malheureusement ennemies jurées au XIXᵉ siècle. C'est ce que rappela de Gaulle dans un discours qu'il tint en allemand à Ludwigsbourg et qui fut à l'origine des premiers jumelages de villes consistant en des échanges entre écoles françaises et allemandes. Il s'adressa à la jeunesse allemande en ces termes : « Vous êtes les enfants d'un peuple d'une grande culture et pouvez être fiers d'en faire partie. » Un discours en totale opposition avec les reproches des Anglais et des Américains qui parlaient, eux, d'une culpabilité collective des Allemands.

Cependant, le gouvernement allemand dut assurer au plus vite aux Américains que leur amitié envers eux était bien entendu prioritaire. Ces derniers voyaient en effet d'un mauvais œil le rapprochement des deux voisins.

Reconnaissance

Quand on observe avec du recul les événements historiques de ces années-là, il est également nécessaire de reconsidérer le rôle qu'a joué Pétain. Il fut certes fait prisonnier et condamné à mort, mais dans le fond, sa capitulation permit aux Français d'éviter que leurs villes ne soient détruites ; et deux-cent cinquante mille morts, c'est finalement peu en comparaison avec les vingt-sept millions de victimes russes et les six millions de victimes polonaises. Quand on y réfléchit, la France devrait lui en être reconnaissante.

Lorsque Mitterrand déposa une rose blanche sur sa sépulture située sur l'île Atlantique où il fut banni, on le poussa à démissionner. Ceci prouve que même en France, l'hystérie de la guerre n'a pas été surmontée.

Adieux

Minuit était largement passé lorsque nous mîmes un terme à ces récits, qui allaient bien au-delà de la fin de la guerre. Cynthia et Charles prirent congé, ainsi que Douglas qui, lui aussi, prit un taxi pour rentrer chez lui. Tout le monde était d'accord pour organiser une nouvelle rencontre autour d'une table ronde dans un avenir proche. Je passai la nuit chez Houston et nous entreprîmes le lendemain, après un sommeil assez court, une balade sur la Tamise.

Troisième jour

Croisière sur la Tamise (3.1)

La cathédrale Saint-Paul

Une balade comme celle-ci est toujours une expérience unique. Nous montâmes près du Tower Bridge dans l'un des bateaux qui circulent fréquemment et remontâmes le courant. Il est formidable de voir comme les édifices et les buildings s'intègrent bien dans la silhouette historique. Aussi bien le Shard que le Swiss Re Building (aussi appelé Gherkin), ou encore le London Eye.

Cependant, on y voit aussi des incohérences, comme par exemple la façade élégamment bombée d'un complexe immobilier entièrement en verre qui ressemble à une énorme lentille. La lumière du soleil s'y concentre tellement que les rayons qui la traversent trouent la tôle des voitures garées. Et cet immense tapis noir, totalement inapproprié, posé devant la façade, ne pouvait pas être une solution à long terme.

Peu de temps après le début de la balade en bateau, on vit apparaître à droite la grande coupole de la cathédrale Saint-Paul. Cette cathédrale a été construite par le célèbre architecte Christopher Wren après le grand incendie de Londres à la place de l'ancienne église. Dans la crypte se trouvent des centaines de tombeaux en mémoire des héros de guerre nationaux.

Les nombreuses guerres qu'a menées l'Angleterre font la fierté de tous les Anglais. Même Houston disait avec enthousiasme qu'aucun autre pays sur Terre n'avait mené autant de guerres.

Depuis leur fondation et la guerre d'indépendance, les États-Unis rattrapent cependant petit-à-petit la Grande-Bretagne. Au cours des vingt dernières années, les Américains ont mené mille deux cents interventions militaires dans toutes les régions du globe.

« Et qu'en est-il de l'Allemagne ? » demandai-je. « Ce n'est pas loin d'ici. Vous qui êtes si fiers de la bravoure de vos soldats, vous êtes bien loin. Vous arrivez un peu en bas de l'échelle. »

La Suisse

« Il n'y a que deux pays avec lesquels nous n'ayons pas fait la guerre : la Mongolie et la Suisse. La Mongolie n'avait aucun intérêt pour nous. Les ressources minières ont été découvertes il y a seulement quelques années. Quant à la Suisse, on aurait pu aller chercher beaucoup de choses. » Mais une chose m'étonnait : Houston blâmait ce pays parce qu'il n'avait jamais permis à l'Angleterre d'y faire une razzia. En outre, il ajouta : « La fortune des potentats du monde entier qui reposent dans les banques suisses pourrait être bien mieux détournée par la banque d'Angleterre. »

« Tu n'es pas sérieux ! Tu caches en toi un satyre. Soit ! Un recueil de récits peut aussi contenir des histoires satiriques. »

Bombe larguée par erreur

Notre regard s'arrêta sur la coupole de Saint-Paul. À cet instant, Houston se rappela qu'une bombe larguée par erreur avait touché la cathédrale lors de l'attaque des Allemands sur les docks. Les photographies de l'époque montrent les décombres qu'avait pu causer une unique frappe.

Il raconta aussi que Churchill, après avoir discuté avec des Londoniens, fut extrêmement surpris de constater l'impact psychologique qu'avait eu sur eux la destruction de ce symbole. Les maisons de particuliers et les sites industriels détruits ne produisent pas le même effroi que la destruction de grands monuments nationaux.

C'est pourquoi Churchill invita ses pilotes, avant le décollage, à bombarder de préférence des bâtiments hors pair, tels que des cathédrales ou des châteaux.

La chapelle du couronnement

La cathédrale d'Aix-la-Chapelle devait être détruite la première. Aujourd'hui inscrite au patrimoine mondial, elle avait été construite sous le règne de Charlemagne vers 800, la même année que le dôme du Rocher à Jérusalem dans un style comparable. Tous les hommes en âge de se battre étant partis au front, des lycéens âgés de seize ans s'étaient portés volontaires pour, en cas d'attaque, ne pas se rendre dans l'abri antiaérien, mais surveiller la cathédrale et repousser les dangereuses bombes incendiaires qui menaçaient les vieilles poutres sèches.

Churchill avait donné l'ordre deux fois de détruire ce monument commémoratif du couronnement des rois et empereurs allemands. Heureusement en vain.

La cathédrale de Cologne

Il tenait également beaucoup à ce que la cathédrale de Cologne soit elle aussi réduite en cendres. C'était un monument national pour toute l'Allemagne. Son achèvement au XIXe siècle avait été soutenu par tous les états allemands.

Elle devait montrer que la foi chrétienne continuait à vivre en Allemagne, même après la Révolution française anticléricale.

Il est tout de même incroyable que ce monument ait résisté à soixante-dix attaques.

Vienne

Alors que les attaques aériennes s'étendaient au sud de l'Allemagne jusqu'en Autriche, Churchill exhorta ses pilotes, qui devaient bombarder Vienne, à ne pas manquer de détruire l'opéra ainsi que la cathédrale Saint-Étienne. Ce qu'ils parvinrent à faire. L'opéra était le symbole de la capitale mondiale de la musique, où l'on jouait depuis des siècles de célèbres opéras de Mozart. La cathédrale Saint-Étienne était, quant à elle, le lieu où furent couronnés les empereurs des Habsbourg.

La cathédrale de Strasbourg

Hitler avait classé cet édifice monument national de l'architecture allemande. Goethe avait étudié à Strasbourg et rédigé un écrit sur son architecte, Erwin von Steinbach. Au début de la guerre, la ville ne se situait pas dans la zone de combat et était habitée uniquement par des Français. Ce n'est qu'au printemps 1945 que Churchill vit une possibilité de détruire cet édifice. En effet, après s'être retirés du front de l'Ouest, les soldats allemands étaient passés par Strasbourg pour fuir vers le sud de l'Allemagne. Les dommages causés à la cathédrale étaient colossaux et ce n'est que vingt ans plus tard que les Français commencèrent à la rénover. C'est ainsi que Churchill pu prétendre que la cible des bombardements étaient les soldats en fuite.

Globe Theatre

À gauche émergea le Globe Theatre, la scène de Shakespeare. Churchill prétendait qu'il connaissait par cœur toutes ses pièces. Il avait une mémoire tout simplement phénoménale. Les pièces de théâtre de Shakespeare lui plaisaient particulièrement. Il disait qu'avec lui, on savait à quel moment une pièce se terminait : quand tous les personnages sont allongés sur scène, morts. Cela correspondait parfaitement à son instinct de tueur.

Soldats de plomb

Comme il souffrait de dyscalculie et qu'il était vain de lui faire faire des mathématiques, son précepteur préférait rejouer les grandes batailles de l'Histoire avec son importante collection de soldats de plomb. La bataille de Waterloo avec Wellington, la bataille navale de Trafalgar, les batailles de César et Alexandre. Et quand tous les soldats de plomb étaient tombés des deux côtés, la bataille était terminée.

L'avis du père

Il est arrivé que le père de Churchill assiste au jeu des soldats de plomb. Churchill disait à ce propos : « Il a reconnu mon génie militaire très tôt, c'est pourquoi il m'a envoyé à l'académie militaire de Sandhurst. »

Plus tard, il relativisa cette louange : « En me regardant jouer avec mes soldats de plomb, il a admis très tôt que je n'étais pas fait pour étudier à Oxford. »

Savoy Hotel

C'est peut-être l'hôtel londonien le plus prestigieux et le plus grand par sa taille. De nombreux souvenirs y sont liés et de nombreuses célébrités y ont passé la nuit. Nous aperçûmes ses toits et le dernier étage à notre droite.

Houston m'énuméra les différentes personnalités qui y avaient séjourné. Ce qui m'intéressai le plus, c'était d'apprendre que, lors de la Première Guerre mondiale, Herbert Hoover avait approvisionné les soldats américains débarqués avec ses propres deniers. Le début de la guerre en Europe les avait surpris et il leur était impossible de rentrer immédiatement aux États-Unis. Seulement, ils n'avaient pas assez d'argent pour poursuivre leur séjour. Hoover avait également demandé à ses amis de les dépanner avec leurs propres fonds. Les Américains ont ensuite, et c'était tout à leur honneur, remboursé l'intégralité des sommes prêtées, parfois jusqu'à 400 dollars.

Opération de secours

Pendant la Première Guerre mondiale, lorsque l'approvisionnement de l'ensemble de la population belge s'effondra à cause du passage des troupes allemandes et des actes de guerre, Hoover commença une vaste opération. La loi martiale prévoit que l'occupant du pays est responsable de la population. Mais dans cette situation difficile, l'empereur Guillaume ne pouvait rien faire, notamment à cause du blocus maritime entrepris par Churchill qui rendait tous les ports belges inutilisables. Hoover réclama alors qu'il puisse passer entre les lignes ennemies sous pavillon libre, sans être attaqué, pour pouvoir ravitailler les Belges en passant par un port néerlandais.

L'empereur allemand approuva avec un grand soulagement, mais Churchill fulmina. Il argumenta de la façon suivante : « Si les Belges meurent de faim, alors on pourra reprocher à l'empereur allemand un crime de guerre, et j'aimerais tant le voir pendu. » Bien que les Belges fussent alliés avec les Anglais, Churchill préférait leur mort à l'opération de secours de Hoover.

Ce dernier était l'homme qu'il détestait le plus, encore plus qu'Hitler, disait-il. « Je t'en raconterai un peu plus sur cette inimitié », m'assura Houston.

La grande crue du Mississippi de 1927

Ce fut la plus catastrophique inondation de l'histoire des États-Unis. Soixante-dix mille kilomètres carrés se trouvèrent sous neuf mètres d'eau. Les victimes de cette inondation n'avaient plus que leurs habits trempés. À la suite de cet événement, Hoover leur donna de l'argent de sa poche pour qu'ils puissent s'acheter à manger dans les jours qui suivirent.

Aujourd'hui, lorsqu'on déclenche l'état de catastrophe naturelle, le gouverneur se déplace et promet de l'aide dans un futur proche, qui peut prendre des mois.

Élections présidentielles

Avec cette opération, Hoover gagna la confiance de la population américaine et se fit élire président l'année suivante, alors que l'ensemble de la presse n'avait répandu que mensonges et calomnies à son sujet.

Parallèle

Nous vivons aujourd'hui un étonnant parallèle avec l'élection par les Américains de Trump et non de Hillary Clinton, contre la volonté de l'establishment et malgré la propagande de tous les journaux.

Le milliard de dollars déboursé par les banques pour soutenir la campagne présidentielle de la candidate démocrate aura été dépensé pour rien. C'est un signe qui montre que les médias ne sont pas encore tout puissants, car de plus en plus de gens en parlent comme de la « presse à mensonges ».

Nancy Astor (3.2)

Waldorf Astoria

Nous pouvons citer un autre hôtel londonien, élégant et distingué, à proximité du Royal Opera : le Waldorf Astoria. Nous pûmes également apercevoir son toit depuis le bateau. Le propriétaire de cet hôtel en possède un autre du même nom à New York. Nancy Astor, son épouse, fut la première femme députée au parlement britannique. Churchill, qui était misogyne, disait en se moquant : « Maintenant, au parlement, c'est comme quand on est chez soi, nu dans sa baignoire, et qu'un intrus entre par surprise. »

Changement de parti

Nancy Astor et Winston Churchill se mettaient mutuellement des bâtons dans les roues. En tant que noble, Churchill adhéra naturellement au parti conservateur où se trouvait également Nancy Astor. Ce parti représentait les intérêts des gens aisés.

Les taxes à l'importation devaient leur assurer un plus grand profit. On lui attribua une circonscription où le Parti travailliste avait la majorité. Ses chances d'être élu étaient donc proches de zéro. Il changea alors de parti et adhéra à ce dernier. Il put ainsi se présenter dans une circonscription où son élection était assurée. Il prit la défense du libre-échange et promit aux franges assez pauvres de la population des produits moins chers. « L'essentiel, c'est que je puisse servir mon pays », avait-il dit pour justifier sa démarche.

Nancy trouva cette remarque insipide et lui dit : « Si j'étais votre femme, je mettrais du poison dans votre thé. » Churchill rétorqua alors : « Chère Nancy, si j'étais ton mari, je le boirais, ce thé. »

Selon moi, cette réplique est la meilleure qu'il ait jamais prononcée.

Bal masqué

À l'occasion d'un bal masqué, Churchill se déguisa en Nelson, son grand modèle, avec un bandeau noir sur les yeux et un bras en écharpe. Nancy s'avança vers lui et lui dit : « Tu peux te déguiser comme tu veux, mais tout le monde te reconnaît tout de suite. En revanche, si un jour tu venais sobre, personne ne pourrait croire que c'est toi ». Churchill, qui avait la répartie facile, resta coi.

Le dernier amour de Lord Nelson

Il existe un film avec Vivian Leigh où Churchill se reconnaissait tellement en lui qu'il l'avait regardé vingt fois, touché aux larmes. Ce film montre comment l'amante de Nelson, Lady Hamilton, qui se retrouva sans ressources après la mort de celui-ci, dut survivre en mendiant et en volant. Pour Churchill, c'était un exemple de persévérance dans une situation désespérée. À son époque, c'était un appel pour toute une nation à ne pas abandonner après la défaite de Dunkerque. Churchill voyait en ce film une œuvre d'art équivalente à celle d'une pièce de Shakespeare et la preuve que la guerre, comme père de toutes choses, encourage à repousser ses limites, même dans l'art.

C'est reparti

Quelques jours après le bal masqué, Nancy et Winston se disputèrent à nouveau au parlement. Nancy lui dit : « Tu es encore saoul ! » Et Churchill lui répondit : « Écoute-moi bien, Nancy, je suis saoul. Mais demain matin, je redeviendrai sobre. Tu es laide, et quand demain matin tu te regarderas dans la glace, tu seras aussi laide qu'aujourd'hui. » Il faut avouer que ce n'était pas très gentleman. Après cet incident, ils s'ignorèrent.

Amour méprisé

Churchill expliqua plus tard : « Elle se serait bien mariée avec moi, mais comme j'étais déjà marié, elle se sentait dédaignée. »
Cette explication est certes typique de Churchill, mais elle est également tout à fait fausse. Nancy Astor était en effet une femme très belle et élégante. On peut d'ailleurs aisément trouver des photos d'elle sur Google. De plus, son mari multimillionnaire, qui possédait deux hôtels d'élite au niveau mondial, était bien plus attirant que Winston Churchill.

La Cité de Londres

Entre-temps, notre bateau avait longé la promenade de la Cité de Londres dans toute sa longueur. Elle mesure un mile de long sur un mile de large. Cet endroit est pratiquement le centre de cette grande ville de renommée mondiale. Ce que peu de gens savent, c'est que le Square Mile appartient au baron de Rothschild. La Cité est le centre financier du monde. De jour, des centaines de milliers de personnes s'y rendent pour travailler, et le soir, seuls quelques milliers ont le droit d'y résider. Certes, elle n'est pas gérée un État indépendant comme le Vatican, mais elle dispose de ses propres lois, de sa propre police et de sa propre administration. Même la reine n'aurait pas le droit d'y faire une apparition officielle sans annonce. La Banque d'Angleterre, qui est la banque d'État du royaume, est en réalité la banque privée des Rothschild. On y trouve le Temple Church et d'autres temples, les écoles de juristes, Old Bailey, etc.

L'abbaye de Westminster (3.3)

Westminster

Westminster est un quartier attenant à la Cité de Londres, tout à l'est. Tout le monde connaît le somptueux bâtiment du parlement et la tour de l'horloge, Big Ben. Nous descendîmes là et marchâmes jusqu'à l'abbaye de Westminster. Elle fut érigée il y a mille ans par Guillaume le Conquérant, qui y fut couronné. Depuis, elle incarne l'impressionnante toile de fond de tous les grands événements étatiques : funérailles, couronnements et mariages – le dernier en date était celui du prince William et de Kate Middleton.

Le tombeau de la reine Élisabeth

Nous prîmes un audio-guide – une invention géniale – mais Houston expliquait encore mieux. Nous nous arrêtâmes un bon moment devant le tombeau de la grande Élisabeth qui était superbement décoré. À seulement quelques mètres de là, se trouvait le tombeau de Marie Stuart, d'une somptuosité et d'un style comparables. Le fils de la reine Elizabeth, Jacques Ier, le fit installer pour sa mère, dont le tombeau n'était pas en reste par rapport à celui de Marie Stuart, qu'elle avait fait décapiter.

Marie Stuart

C'était la reine d'Écosse. Elle dut fuir parce qu'elle avait demandé à son palefrenier de placer une bombe sous le lit de son époux, chose qui ne fut pas du goût des sujets du royaume. Elle atterrit maladroitement en Angleterre. Oui, maladroitement, car, pour le monde catholique, le règne d'Élisabeth, qui était protestante et le fruit du mariage non reconnu par le pape avec Anne Boleyn, n'était pas valable. Pour les catholiques, Marie Stuart était donc la première dans l'ordre des héritiers présomptifs, car les descendants d'autres mariages d'Henri VIII ne comptaient pas.

Attentats

C'est la raison pour laquelle les partisans de Marie Stuart tentèrent de supprimer la reine Elisabeth en commettant divers attentats. Ils souhaitaient que Marie Stuart, alors catholique, puisse monter sur le trône. Ces tensions et ces attaques conduisirent la reine à lui intenter un procès qui déboucha sur la décapitation de la reine d'Écosse par la hache d'un bourreau.

Ironie tragique

L'ironie tragique réside dans le fait que, n'ayant pas d'enfants, il ne restait plus à la reine Elizabeth qu'à désigner le fils de sa rivale comme son successeur. Elle n'avait jamais été mariée, d'où son surnom de « reine vierge », mais on savait qu'elle avait eu de nombreux amants, notamment le grand pirate Sir Walter Raleigh et Francis Drake. C'est pourquoi la colonie située sur la côte est des États-Unis, qui avait été conquise par Raleigh, fut nommée Virginie : pays vierge. C'était certainement de l'ironie pure.

Une histoire louche

À ce propos, Houston avait une interprétation incroyable : « Élisabeth n'était pas une femme, c'était un homme. Pour que l'on ne voie pas sa pomme d'Adam, elle portait toujours des collerettes montantes, et pour cacher sa barbe, elle couvrait son visage avec un maquillage blanc épais.» Elle n'était donc pas vierge, mais homosexuel – not a virgin but a gay.

Explication

Houston donna même une explication. Il me dit qu'après la décapitation de son épouse, Henri VIII avait négligé l'éducation de sa fille et ne s'en était plus occupé. Il finit par la confier à des moines. Lorsque Marie, l'héritière du trône, alors catholique de par son premier mariage, mourut, il fallut chercher une nouvelle aspirante. Mais la petite fille avait été tellement négligée qu'elle décéda peu de temps après au monastère. Les moines craignaient tant la colère du roi qu'ils habillèrent un petit garçon de son âge en fille. Il tint visiblement ce rôle jusqu'à la fin.

Pégase

Je ne pus m'empêcher de rire, mais Houston me fit comprendre que pour cette histoire, il n'avait pas enfourché Pégase, mais plutôt attrapé un bouc.

Armada

Dans tous les cas, les mérites de la politique mondiale de la grande reine restent incontestés. Elle a fait de l'Angleterre une puissance mondiale. Philippe II, qui envoya sa grande armada en Angleterre pour se venger de la reine qui avait ordonné la décapitation de Marie Stuart, vécut sa plus grande défaite.

La véritable raison de ces conflits guerriers, c'étaient les pirates anglais qui avaient attaqué et pillé les bateaux espagnols remplis d'or qui revenaient d'Amérique après sa découverte. Le roi d'Espagne voulait y mettre fin.

Francis Drake

C'était le plus grand pirate et le plus talentueux corsaire de tous les temps. Personne ne ramena autant d'or à la reine Élisabeth que lui. Sa combine, c'était de piller les bateaux espagnols non pas dans l'Atlantique, où ils avaient construit une base de défense, mais dans le Pacifique, où ils n'avaient aucune assistance. Nous devions bientôt passer devant son Golden Hinde, amarré sur la Tamise. En réalité, il s'agit d'une copie.

Le fait que la reine Élisabeth l'ait anobli est presque une évidence.

D'ailleurs, il est le premier marin à avoir fait le tour du monde. Il devait ramener l'or volé en Angleterre, direction l'Ouest, en passant par l'Inde et la pointe sud de l'Afrique.

Magellan, lui, fut dévoré à mi-chemin, sur l'île de Cebu, par des autochtones. Seul l'un de ses bateaux arriva au Portugal.

Jacques Ier

Le fils de Marie Stuart et le successeur d'Élisabeth n'a jamais été aimé de son peuple. Et son fils Carolus Stuardus encore moins. Lui aussi fut décapité, mais cette fois-ci par Cromwell. Il semblerait que les Anglais soient très doués pour la décapitation. Ils étaient experts dans ce domaine déjà bien avant la Révolution française et l'exécution de Marie-Antoinette et de Louis XVI.

Le coin des poètes

Tout au bout de la nef, les Anglais ont installé un coin pour rendre hommage à leurs grands écrivains et musiciens. Des bustes et des plaques commémoratives rappellent ces grands artistes. Une installation émouvante qui éveille de nombreux souvenirs. Un buste de Haendel rappelle sa vie et son œuvre à Londres. Son Alléluia du Messie est inoubliable. On y voit évidemment une statue de Shakespeare, dont les sonnets se retrouvent dans ses grandes œuvres dramatiques. Au sol, une plaque encastrée est dédiée à Dickens, créateur de David Copperfield, un roman mémorable. Y sont également commémorés Chaucer et ses Canterbury Tales, plus artistiques que le *Décaméron*, sans oublier Thomas Morus, Utopia, Thackeray, vanity fair, (Foire annuelle des vanités), Lord Byron, Yeats et Keats. Dans ses poèmes « A host of golden daffodils », Wordsworth évoque en peu de mots toute la magie du printemps, quand les prairies de l'île sont recouvertes de narcisses et de primevères.

J'aimerais qu'en Allemagne on ait, nous aussi, un coin des poètes comme celui-ci.

L'amitié germano-anglaise

Les entrelacements littéraires et culturels entre l'Allemagne et l'Angleterre commencèrent à l'époque de Goethe, avec la réception de Shakespeare. On pourrait prendre cette référence pour justifier une amitié germano-anglaise aussi étroite que l'amitié franco-allemande, qui a permis aux deux pays de tisser des liens précieux. La préférence des Allemands notamment pour les auteurs de romans britanniques est toujours d'actualité.

War Rooms (3.4)

Parliament Square

Le coin des poètes se situe à la fin de la visite de la cathédrale. Nous reposâmes nos audio-guides et passâmes par Parliament Square, près de la statue de Churchill, pour nous rendre dans le War Rooms. L'entrée pour y accéder se trouve à l'arrière du Trésor de Sa Majesté. La statue de Churchill fut érigée entre le parlement et son poste de commandement, d'où il pilotait ses actions lors de la Seconde Guerre mondiale.

La statue de bronze de Churchill

Le « little fat man », de son surnom, porte un manteau de général surdimensionné. Son visage expressif est très réaliste ; d'ailleurs, tout le monde le reconnaît immédiatement, même sans son cigare. Il est posté là, tel le grand vainqueur du « plus grand stratège de tous les temps », ou GröFaZ, le sobriquet attribué à Adolf Hitler. Pourtant, tout le monde sait que l'Angleterre, tout comme la France lors de la Première et de la Seconde Guerres mondiales, doivent leur victoire exclusivement à l'intervention des États-Unis.

La crise des Sudètes

Au début de l'année 1938, les War Rooms furent construits comme bunker pour le gouvernement de guerre, en raison du conflit qu'on croyait imminent avec l'Allemagne à cause suite à la crise des Sudètes. Trois mètres de béton épais entre le rez-de-chaussée et le sous-sol, qui possédait encore un étage en dessous, paraissaient suffisants pour les protéger efficacement des bombes.

Bernard Baruch

Le « roi de Wall Street », devenu l'un des hommes les plus riches de la planète grâce à ses spéculations en bourse, avait conseillé à son ami Churchill d'acheter tout de suite des obligations de guerre. Il prit même un crédit d'un million. Mais ces titres perdirent leur valeur avec le surprenant accord de paix de Munich. Churchill était complètement ruiné. Il ne pouvait même plus rembourser les intérêts de son crédit. Il dut hypothéquer sa résidence privée à Chartwell.

Critique de l'accord

Quand on sait ce qu'il s'est passé, on voit la critique impitoyable de Churchill vis-à-vis de l'accord de Munich d'un autre œil. Cela dit, les Parisiens et les Londoniens criaient victoire, car ainsi, ils évitaient une guerre.

La bonne affaire

Cela se comprend, car le peuple voit en la guerre du sang, de la sueur et des larmes. Si la guerre avait effectivement eu lieu, Churchill aurait alors prononcé son célèbre bon mot : « Je vous promets du sang, de la sueur et des larmes », et ajouté : « Mon ami Baruch et moi-même faisons quant à nous bonne affaire. »

Les Anglais sont connus pour leur humour macabre. Je doute cependant sérieusement que cette chute les aurait amusés.

Strakosch

Baruch dut bien évidemment compenser la catastrophe financière de Churchill. Il demanda à Strakosch, un riche juif viennois, de prendre en charge la dette qui s'élevait à un million ainsi que les obligations de guerre, désormais sans valeur, ce qu'il pouvait faire sans aucune difficulté. Mais un an plus tard, la guerre éclata – Dieu soit loué – et Strakosch fut mille fois récompensé pour son œuvre miséricordieuse, car les obligations de guerre avaient alors regagné en valeur.

Entrée

De nombreux visiteurs attendaient devant la porte d'entrée. Nous jetâmes un dernier regard sur le St James's Park, qui était particulièrement beau. Au loin, entre les branches et les feuilles des arbres, on pouvait deviner Buckingham Palace. Puis nous nous rangeâmes dans la queue avant d'endurer une fouille particulièrement minutieuse. Il est clair qu'un attentat dans ce lieu historique aurait une symbolique tout à fait particulière.

Il y eut déjà un grand émoi lorsque la statue de Churchill fut vandalisée. Elle fut couverte de croix gammées, de fumier et d'urine. Il y avait aussi les pigeons, qui se tenaient sur sa tête et dont les excréments coulaient sur son visage. Une solution fut trouvée pour y remédier. Le métal a été mis sous tension électrique constante, ce qui empêche les oiseaux de s'y poser. La première solution qui consistait à couvrir la tête de Churchill avec des épines et du fil barbelé a été abandonnée car elle ressemblait trop à la couronne d'épines du crucifié.

La salle de conférence

La première pièce devant laquelle nous passons est une petite salle où Churchill avait siégé avec son cabinet de guerre. Somme toute, ces War Rooms ne brillaient pas par leur luxe. Quand on pense qu'il y avait autant de gros fumeurs, que Churchill gardait son cigare toute la journée, et tout cela sans air conditionné. Passer ces cinq années de guerre dans cette pièce n'était certainement pas un grand plaisir.

Les toilettes

Au fond à gauche se trouvait une porte imposante et hermétique, comme on en voit dans les chambres froides. Elle permettait aussi une insonorisation phonique parfaite. Il s'agit de la porte des toilettes privées de Churchill. Personne à part lui n'avait le droit d'y entrer. Voir Churchill, après une séance de plusieurs heures dans ses toilettes privées, se dépêcher d'aller aux toilettes communes devait certainement être très étrange. Ses toilettes privées étaient en effet une pièce fermée hermétiquement où se trouvait la station de transmission qui permettait des échanges avec Roosevelt. Par peur d'être décryptée, cette liaison se fit dans une langue secrète. Churchill et Roosevelt étaient certains que leur code secret ne serait jamais déchiffré par les Allemands. Il existe cependant des comptes-rendus qui prouvent que les Allemands y sont tout de même parvenus.

Enigma

Les Allemands avaient développé une machine à crypter qu'ils pensaient impossible à surpasser : Enigma. Et pourtant, un Anglais avec un cerveau de génie réussit l'impossible. Tous les messages secrets que les Allemands échangèrent avec l'état-major et leurs alliés furent décodés. Le destin tragique de cet Anglais, du fait qu'il était homosexuel, est bouleversant.

La seule langue secrète à n'avoir jamais été décryptée est celle utilisée par les Américains. Ils avaient eu l'idée d'utiliser le dialecte des Indiens Hopis pour transmettre leurs messages.

Pour la décrypter, il aurait sûrement fallu autant de temps que Champollion pour déchiffrer les hiéroglyphes.

La cuisine et la chambre à coucher

La cuisine, avec sa vaisselle bon marché, était également sobre. Elle ne servait qu'à Churchill qui disposait d'un cuisinier personnel. Par peur d'être empoisonné, il n'autorisait personne à manger dans la même pièce que lui, voire avec lui. Sa chambre à coucher, avec une décoration quasi-inexistante, n'était pourvue que d'un lit individuel. Clementine, sa femme, devait rester dans leur résidence privée à Chartwell. Quel renoncement pour un homme pour qui le luxe était tout !

Salle des cartes (3.5)

Planisphères

Les lignes de front étaient punaisées sur d'immenses planisphères dans leur présentoir. Churchill informait son ami Franklin autant que possible, car ce dernier avait un piètre niveau en géographie. C'est d'ailleurs typique des politiques américains. Ils vivent tous, comme leur peuple, dans un « splendide isolement ».

San Diego

Sans l'aide de Churchill, Roosevelt n'aurait jamais réussi à pousser les Japonais à attaquer les premiers. Ses Tigres volants ont infligé à ces derniers d'immenses pertes, ont coulé des centaines de bateaux, et il pouvait à tout moment décider de frapper plus fort. Les Japonais subissaient tout. C'est Churchill lui-même qui dut faire remarquer qu'ils n'étaient pas en capacité de frapper les États-Unis. La portée de leurs avions ne pouvait atteindre le territoire. L'ensemble de la flotte du Pacifique avait sa base militaire à San Diego. Au départ, Roosevelt devait transférer cette flotte à Hawaï, qui se trouve à mi-chemin du Japon. Les services secrets américains laissèrent fuiter cette information. Ce n'est qu'à cet instant que le « jour de la honte » (day of ignominy) devint possible. Churchill avait de quoi jubiler, car il avait désormais officiellement les Américains à ses côtés pour se battre contre l'Allemagne.

Porte-avions

Les Américains avaient reconnu que dans une guerre moderne, ce ne sont ni les bateaux ni les croiseurs blindés armés qui décident des batailles. Les avions sont plus rapides et une bombe larguée peut faire couler un bateau non blindé. Voilà pourquoi il pouvait sacrifier toute la flotte vétuste du Pacifique comme appât, mais certainement pas sans avoir rapproché du Japon les quatre porte-avions modernes la nuit précédente, plus précisément sur les îles Midway. De là-bas, ils purent commencer à bombarder les villes japonaises dans les jours qui suivirent la déclaration de guerre.

Arizona

La destruction de la flotte du Pacifique eut pour conséquence des destins humains tragiques. Le navire Arizona chavira et émergeait encore en partie hors de l'eau. Mille trois cents marins étaient enfermés dans leurs cabines et personne ne put les aider. L'agonie de ceux qui étaient piégés dans la coque du bateau dura des jours.

Deuxième vague d'attaques

Les avions des Japonais lancèrent une deuxième vague d'attaques. Tous les avions de l'aéroport d'Honolulu furent détruits avant même qu'ils n'aient pu démarrer. Il était également prévu une troisième vague d'attaques sur les réservoirs de carburant, mais elle fut annulée car les Japonais pensaient qu'ils avaient causé assez de dégâts pour inciter les Américains à démarrer des négociations de paix. Ce fut une grande erreur. Il aurait fallu des semaines pour remplacer le carburant. Or, Roosevelt pouvait attaquer tout de suite.

Tokyo

À cause des nombreux tremblements de terre, les maisons des villes japonaises étaient essentiellement en bois et ne comportaient qu'un étage. L'attaque aérienne de Tokyo, qui se fit surtout avec des bombes incendiaires, déclencha une tempête de feu de la puissance d'un ouragan. Il causa plus de cent mille morts. Les attaques à la bombe sur toutes les mégalopoles japonaises et le nombre impressionnant de victimes sont presque inconnus à l'Ouest.

Génocide

La guerre du Japon fut menée dès le départ contre la population civile. Les quatre îles principales de l'archipel sont volcaniques. Elles étaient sans intérêt aux yeux des Américains car elles ne disposaient d'aucune ressource naturelle. La population, en revanche, est habile et intelligente. Elle représente une véritable concurrence dans la lutte économique. Il n'y avait donc aucun intérêt à maintenir le peuplement de ces îles.

L'appel de Churchill

En toute logique, Churchill exhorta les soldats à tuer tout le monde : « Hommes, femmes enfants. Les gens en bonne santé comme les malades. Pourquoi pas aussi bombarder les hôpitaux, où l'on soigne les blessés qui peut-être retourneront au front. »

« La race allemande doit être complètement éradiquée », c'est la suite exacte de sa revendication.

Déclaration de guerre

On a reproché à Churchill de ne pas avoir formulé la déclaration de guerre au Japon avec assez de brutalité. Il a alors rétorqué : « Si je veux tuer quelqu'un, pourquoi ne devrais-je pas le formuler poliment ? »

Explication

Avec ces histoires, Houston m'avait expliqué grand nombre de nouvelles choses que je ne connaissais que de manière superficielle. Mais il fallait qu'il éclaircisse une phrase. « Tu parles des négociations de paix que les Japonais voulaient imposer. Je ne comprends pas. La guerre n'a commencé qu'avec l'attaque de Pearl Harbor. »

Inculte

Tu es aussi inculte que le peuple américain l'était autrefois, lors de « l'attaque surprise » des Japonais. Le bruit courrait que les élites secrètes du pouvoir des États-Unis auraient planifié une guerre contre le Japon. Mais on n'en savait pas plus. L'initiative « America first » propageait le message suivant : améliorez d'abord l'infrastructure de notre pays, stimulez l'économie, améliorez les conditions de vie des travailleurs. Nous n'avons pas besoin de faire la guerre au Japon.

Roosevelt s'en moquait bien. Ces débiles ne savent pas que nous sommes en guerre avec le Japon depuis cinq ans.

La guerre sino-japonaise

Avec des sommes d'argent colossales, les dirigeants américains ont réussi à extirper le généralissime Tchang Kaï-chek de l'Internationale communiste (ou Komintern) et d'en faire un nationaliste. Pour faire ses preuves en tant que nouveau dirigeant de cet immense empire qu'est la Chine, il devait conquérir la Corée qui appartenait auparavant au Japon. Il reçut en cadeau des États-Unis l'intégralité des coûts de guerre et de l'armement. Les services secrets américains avaient également contribué à provoquer des incidents qui eurent pour conséquence un échange de tirs, un élément essentiel à tout début de guerre, du moins pour la phase critique.

Écrivains modernes

Houston fit une pause. Puis il ria et expliqua : « Comme la technique moderne qui simplifie notre vie quotidienne. Autrefois, un écrivain aurait dû décrire tous ces incidents. »

Moi, en revanche, je peux dire : « Ceux qui sont intéressés peuvent trouver les détails sur Internet. » Vive Internet et Wikipédia.

Le déroulement de la guerre

La guerre entre la Chine et le Japon ne se passa pas comme Roosevelt l'avait prévu. Au lieu d'une conquête rapide de la Corée, il y eut d'âpres revers, et, alors que Roosevelt menaçait Tchang Kaï-chek d'interrompre les versements, ce dernier le menaçait en retour de cesser les opérations de guerre. C'était bien entendu la pire chose qui pouvait se produire.

Les Tigres volants

Il ne restait plus à Roosevelt qu'à aider concrètement les Chinois. Il leur mit à disposition sa troupe aérienne d'élite, les Tigres volants. On peut voir sur Internet leurs avions peints d'une étonnante façon. Ces combattants ne pouvaient être officiellement faire partie de l'armée nationale ; on les nomma donc des volontaires. Roosevelt disait même qu'il s'agissait de rebelles qui avaient déserté contre la volonté du gouvernement. Ils étaient payés par lui et leurs pertes en matière d'avions étaient remplacées en puisant dans les réserves d'armement américaines.

Conservation du secret

Cela tient du miracle qu'une guerre de cinq ans ainsi qu'une escadre de chasse de l'ampleur des Tigres volants aient pu être dissimulées des années durant à toute une nation. Certes, quand la presse n'en parle pas, qui doit informer ? Même un prédécesseur, le président Herbert Hoover, n'était pas au courant de cette guerre secrète avec le Japon et fut totalement surpris d'apprendre l'attaque de Pearl Harbor.

Elle fut comme tombée du ciel, pour tout le monde, sauf pour Roosevelt et Churchill.

Le musée (3.6)

Cognac arménien

Un petit musée est rattaché à ces War Rooms autrefois habités. On y trouve de nombreuses représentations sur des tableaux. Sont également exposés sur une grande table des objets du quotidien du temps de Churchill, notamment des bouteilles de champagne vides. Des reçus de livraisons de vin sont étalés à côté. C'est son ami Johnny Walker qui lui offrait du whisky, en grandes quantités. Même son penchant pour le cognac arménien qu'on lui connaissait eut pour conséquence qu'à partir de la conférence de Yalta, Staline lui fit cadeau tous les ans d'une caisse de cognac sous couvert officiel.

Plus belle qu'une lettre d'amour

Selon Churchill, ce cognac était meilleur que la plus exquise des fines de champagne. Or, il était tellement alcoolisé que le chef d'État eut de sérieux problèmes que sa famille devait également endurer. Ses mains tremblaient tellement qu'il ne pouvait plus tenir de verres ; il se rendit bien compte que cela ne pouvait plus durer. Il ne pouvait échapper à une cure de désintoxication qui, au final, s'avéra bénéfique. Il écrivit à sa chère Clementine : « J'ai de nouveau une main ferme, les tremblements ont complètement disparu. Ces trois derniers jours, j'ai à nouveau pu abattre cent quarante-quatre oiseaux chanteurs. » Clementine lui répondit toute enjouée. Sa lettre figure dans le musée : « Ta petite lettre m'a fait bien plus plaisir que la plus belle des lettres d'amour. »

Le soulèvement des Arméniens

Churchill découvrit le cognac lors de son long séjour en Arménie. L'Angleterre avait installé et équipé plusieurs postes qui travaillaient secrètement contre le sultan. Ils étaient rémunérés par le gouvernement anglais. De nos jours, Poutine en aurait fait des agents. En affaiblissant le régime, une guerre contre l'Empire ottoman devait se préparer. Pour cela, les Britanniques cherchaient la collaboration de l'Église arménienne pour obtenir un soutien idéologique et s'opposer au sultan musulman. Ils formaient également des tireurs d'élite et apportaient leur appui logistique. Plus de dix hauts représentants du gouvernement furent tués grâce à l'aide des Anglais. Même un attentat contre le sultan leur est attribué.

Génocide

Lorsque la guerre éclata et que les Arméniens se soulevèrent, le gouvernement d'Istanbul ne savait plus quoi faire. Il craignait en outre une collaboration entre ces derniers et les Russes et ne voyait qu'une seule solution : déplacer les Arméniens. Depuis, tout le monde est conscient de la catastrophe qu'a provoquée cette réinstallation forcée. La contribution des Britanniques, quant à elle, a été passée sous silence.

Ce qu'Erdogan n'accepte pas, c'est que l'on rejette la faute pleine et entière sur les Turcs. Et en ça, on peut le comprendre.

Les bouteilles de champagne vides

Ces bouteilles rappellent sa grande amitié avec Jinnah. Ce dernier quitta l'Inde pour s'installer à Londres pendant de nombreuses années. Il était musulman et ne devait pas boire d'alcool. Cependant, il représentait un islam sécularisé. Pour lui, il n'existait pas d'interdiction d'en consommer. Churchill voyait en lui un allié contre le Mahatma Gandhi, qui menaçait la suprématie de l'Angleterre sur l'Inde. Jinnah se plaisait tellement en Angleterre qu'il ne pensait plus à un retour dans son pays, jusqu'à ce que Churchill le pousse à engager le combat contre Gandhi. Il fut envoyé en Inde avec cent soldats formés et cent millions de dollars.

Fondateur d'États

Chacun de ces cent combattants devait former cent autres soldats. Les cent millions de dollars devaient être utilisés à cette fin, puis être investis contre Gandhi. Jinnah réussit effectivement à séparer les musulmans des hindous. Les combats engendrèrent un million de morts et le déplacement de treize millions de personnes, mais aussi la fondation de deux nouveaux États : l'Inde et le Pakistan (le Pakistan était d'abord divisé en deux : la partie orientale et la partie occidentale). Jinnah est considéré comme le fondateur du Pakistan. On peut aujourd'hui admirer son impressionnant mausolée à Karachi.

L'assassinat de Gandhi

Au moment de se séparer, Churchill suggéra à son ami la chose suivante : « Pour assassiner Gandhi, tu dois trouver un hindou, surtout pas un musulman, car les soupçons iraient directement sur toi. » C'est ce qu'il fit, et Churchill put apprendre avec grande satisfaction la mort de Gandhi en 1947. Les orgies de champagne avaient donc bien été rentables.

Pendant la Seconde Guerre mondiale, Jinnah apporta son soutien à l'Angleterre en envoyant des soldats. Il mourut un an après l'assassinat de Gandhi. Aujourd'hui, le Pakistan n'est plus forcément allié de l'Angleterre et de l'Amérique. Au final, le calcul de Churchill n'a pas payé.
Ce qui l'en reste, c'est l'hostilité entre l'Inde et le Pakistan, entre les hindous et les musulmans qui ont vécu en paix des siècles durant, sans le moindre problème.

Caricatures (3.7)

Pit-bull et tigre

Dans ce musée, on trouve également de très belles caricatures de Churchill en pit-bull et de son ami Clémenceau en tigre. Tous deux sont restés amis leur vie durant. Ils étaient d'ailleurs très fiers de leurs surnoms : pit-bull et tigre.

Week-end

Le week-end, Clémenceau aimait quitter Paris pour se rendre chez son ami Churchill, dans sa résidence privée à Chartwell. Au cours de leurs beuveries, les deux amis s'imaginaient se partager les colonies allemandes en Afrique, et ce à une période où la guerre n'avait pas encore commencé.

Churchill voulait l'Afrique orientale allemande pour qu'il n'y ait plus d'enclave entre les colonies anglaises, du Caire jusqu'au Cap. Clémenceau, lui, voulait le Cameroun et le Ghana pour relier les territoires coloniaux français à l'ouest de l'Afrique.

Bagdad et Damas

Comme ils étaient tous les deux certains qu'ils pourraient impliquer l'Empire ottoman dans une guerre dès que celle-ci serait déclarée, ils se partageraient alors le reste de cet empire une fois que l'Angleterre aurait conquis l'Égypte, et que l'Algérie et la Tunisie seraient revenus à la France.

Pour l'Angleterre, Churchill convoitait la Mésopotamie, pays fertile aux deux fleuves, aujourd'hui l'actuel Irak, ainsi que Bagdad, capitale légendaire où, à son grand désarroi, l'empereur allemand avait fait construire le chemin de fer la reliant à Berlin.

Pour la France, Clémenceau était intéressé par Damas, ville merveilleuse où, à son grand dam, l'empereur allemand avait apporté aux musulmans son fameux toast. À cela s'ajoutait le reste de la Syrie.

Mossoul

Comme il fallait veiller, lors du tracé des frontières, à ce que les riches champs pétrolifères autour de Mossoul reviennent aux Anglais, le territoire de peuplement des Kurdes fut divisé par une frontière artificielle, ce qui, aujourd'hui encore, provoque de vives tensions et des heurts.

Jérusalem

Churchill convoitait bien évidemment aussi la Terre Sainte, la Palestine, où son ami Baruch voulait y installer l'État juif selon le modèle de Herzl. Et effectivement, tous leurs fantasmes évoqués dans l'ivresse du vin s'étaient réalisés. La déclaration qu'avait rédigée Balfour au nom de Churchill et adressée aux Américains, approuvait la fondation par les juifs d'un État en

Palestine. Les Américains, qui n'étaient pas d'accord, entrèrent en guerre. Trois jours plus tard, les premiers bateaux de guerre débarquèrent sur les côtes palestiniennes pour conquérir le pays. Balfour l'avait promis aux juifs avant que les Anglais ne le colonise.

Liban

Comme la Palestine, pays convoité, devait revenir à l'Angleterre, le Liban et Beyrouth furent attribués à la France. On voit que les beuveries à Chartwell n'étaient pas que des foutaises insensées ; c'est là-bas que l'histoire du monde a été écrite.

Tromperie

À cette occasion, Pit-bull et Tigre trahirent sans scrupules l'un de leurs plus importants alliés : le roi arabe Fayçal. Lawrence d'Arabie, un grand archéologue talentueux, avait réussi à gagner la confiance de ce souverain. La base de son pouvoir consistait en la possession des villes saintes : la Mecque et Médine. Lawrence devait réussir à obtenir de lui qu'il orchestre un soulèvement des Arabes contre le sultan à Istanbul. Comme récompense, on promit au roi qu'il deviendrait le souverain d'un Empire arabe uni, avec les villes de Damas, Bagdad, Beyrouth, Jérusalem, Amman et, au sud de la Mecque, l'ensemble du Yémen. Churchill donna à Lawrence carte blanche pour obtenir des moyens financiers presque illimités. Fayçal exigeait trois cent cinquante mille livres par mois tant que durerait le combat. Il se poursuivit pendant plus de deux ans. S'y ajouta une autre bassesse : Churchill et Clémenceau craignaient que Fayçal ne se défende s'il venait à remarquer qu'on l'avait dupé dès le départ. Ils incitèrent Ibn Saoud à renverser le cœur du royaume de Fayçal, à savoir la ville fortifiée de Riyad, ainsi que la Mecque et Médine, tant que les soldats de ce dernier, postés au Nord, continuaient le soulèvement contre le sultan. Lawrence d'Arabie n'était très probablement pas au courant de cette tromperie.

Dick le petit cochon

On peut également voir dans ce musée une ravissante caricature réalisée par Churchill. Il s'était peint lui-même en cochon, en « pig », comme l'appelait affectueusement sa femme Clementine. Lui aussi était ravi de ce surnom. Il trouvait que les cochons avaient quelque chose d'humain. Selon lui, les chiens étaient soumis et les chats sournois. Mais les cochons, eux, ressemblaient formidablement aux Hommes.

Peinture (3.8)

Du talent

Churchill avait effectivement des talents de peintre. Des diapositives montrent tous ses tableaux. Ce sont pour la plupart des paysages du sud de la France. Il avait une préférence pour les arbres, en particulier les pins parasol. « Les arbres ne se plaignent pas quand la ressemblance n'est pas flagrante, contrairement aux Hommes. »

Portraits

Néanmoins, il s'était essayé à peindre des portraits plus vrais que nature à partir de photos. Une telle maîtrise fut même récompensée à l'Académie des Arts, qui lui conféra le titre de Master of Arts.

Thérapie

Pour lui, peindre faisait souvent office de thérapie quand sa dépression le hantait. Lui-même avait dit qu'une fois au ciel, il voudrait peindre des tableaux dix millions d'années durant pour se libérer du stress de la vie. « It's all so boring » - tout n'est qu'ennui mortel : voilà comment il avait résumé sa vie quelque temps avant son décès.

Comparaison

Comme on le sait, Hitler aussi peignait, et ce qui est étonnant, c'est que ces deux hommes avaient un style semblable. Leurs teintes sont presque les mêmes et leur style pourrait être qualifié de postimpressionniste. Chez Hitler, ce sont les structures architecturales qui dominent. Churchill se réjouissait tout particulièrement quand, en comparaison avec son rival, la balance semblait pencher en sa faveur. Par exemple, quand l'un de ses tableaux se vendit à soixante mille livres, alors qu'Hitler n'avait jamais réussi à dépasser quarante mille livres.

Proverbes (3.9)

Compilation

Ses proverbes sont connus. Ils ont été compilés et sont disponibles en ligne. Ils sont tellement célèbres que presque tout le monde les connaît. On peut citer par exemple : « Je ne crois aux statistiques que lorsque je les ai moi-même falsifiées » ou encore « Les contrats sont faits pour être rompus. »

Quand deux personnes ont le même avis, l'une d'entre elles est superflue.

Quand un fumeur lit des choses sur les dangers de la cigarette sur sa santé, la plupart du temps, il arrête de … lire.

La plus grande erreur de la démocratie, c'est qu'il existe des élections.

Les fautes dont on apprend, il vaut mieux les faire assez tôt.

Les Américains font toujours les bons choix après avoir fait tous les mauvais.

Sa réponse à l'invitation de la fête de la fin du monde au Savoy était également drôle : « Bien sûr que je serai là. Je ne veux en aucun cas manquer la fin du monde. Cela dit, je dois d'abord me rendre chez le dentiste. Je ne veux pas disparaître avec une dent manquante. »

L'apocalypse a lieu presque deux ou trois fois par an. En 1946, c'était bel et bien mondial.

Les dents

Churchill avait de très mauvaises dents et dut porter très tôt un appareil. Les dents qui lui manquaient étaient attachées avec des fils dorés. Quand le valet de chambre oubliait de préparer son dentier, il arrivait que Churchill se rende au parlement sans. Il avait extrêmement peur qu'une photo de lui sans ses dents fasse le tour du monde. Cela aurait été une catastrophe. Presque aussi grave que si un photographe avait réussi à prendre la reine en photo en train de se curer le nez. Quand cela arrivait, il n'osait ni ouvrir la bouche, ni sourire, ni dire bonjour ; il se contentait d'afficher une mine féroce et de serrer les lèvres. Après coup, il s'excusait et expliquait pourquoi.

Défaut de prononciation

Quand il était enfant, Churchill bégayait. Il réussit cependant à surmonter ce problème, à l'exception d'un petit défaut de prononciation : il avait du mal avec le « s » qu'il prononçait toujours « ch ». Mais il trouvait que cela conférait un charme particulier à ses discours : Churchill tout craché. Lorsque son dentiste dut lui faire un nouveau dentier, il lui demanda de le confectionner de manière à ce qu'il n'altère pas cette anomalie.

Lors des grandes cérémonies officielles, quand il se tenait à côté de la reine, il chantait avec enthousiasme dans ses oreilles : « God shave the Queen »
(La grand-mère est rasée à la faux)
Il en voulait à la reine d'avoir épousé un Allemand, alors c'était sa petite vengeance.

Prince Philip

C'était la pierre d'achoppement. Churchill en voulait à la jeune reine car le peuple anglais s'était tant sacrifié pour anéantir les Allemands. « Et toi, future reine, tu te maries avec un Allemand. Il est suffisamment déplorable que du sang allemand coule dans tes veines, alors tu ne peux pas imposer à la nation ce mariage. »

Le prince Philip, qui était là, tenta d'apaiser l'atmosphère : « Cher oncle Winston, appelle-moi simplement Viking. C'est ce que faisait Frankyboy. » Par Frankyboy, il entendait Franklin Roosevelt. « Mais ton nom révèle tes origines allemandes. Ta mère est une Battenberg qui, par son rang, te permet d'accéder à la succession au trône du roi grec. »

« Alors traduisons mon nom en Mount Batten, c'est ce qu'a fait mon oncle, le vice-roi d'Inde. »

« Mais comment allons-nous traduire le nom de ton père ? Il s'appelle Holstein-Sonderburg-Glücksburg. »

« Nous pouvons le traduire très librement par Windsor. » Les Sachsen-Coburg-Gotha ont également pris ce nom-là.

« Et par ton père, tu es héritier du trône du Danemark. Dans le cas où cette succession au trône aurait lieu, cela signifierait que le roi de ce petit pays aurait deux femmes : la reine d'Angleterre et l'impératrice d'Inde. »

« Je renonce à ma prétention au trône danois. »

« Il n'est pas question qu'Elizabeth épouse un Allemand, basta ! »

À cet instant, Elizabeth intervint :

« Vieux grand-père, avec ta bouche sans dents, tu peux dire ce que tu veux, je me marierai avec lui. »

« Alors tu peux compter sur moi pour qu'il ait mauvaise presse jusqu'à ce que je passe l'arme à gauche. »

Elizabeth lui répondit alors : « Va te faire … »

Doutes

Il me fallut à nouveau interrompre Houston. « Là aussi, tu exagères. Je doute sérieusement que des lèvres royales aient pu prononcer un juron tel que « va te faire … ».

Mariage de grâce

Quelques jours auparavant, Elizabeth et Philip fêtaient leur soixante-dixième anniversaire de mariage.

Une chance que leurs trois enfants n'ont pas eue. Tous ont divorcé. La séparation de Charles et Diana fut particulièrement tragique.

Gibraltar

En parlant de dents, Houston se rappela d'une histoire que Churchill avait lui-même racontée au club. Hitler et Mussolini s'étaient rendus avec Franco à Hendaye, à la frontière franco-espagnole. C'était au début de la Seconde Guerre mondiale et le Führer avait proposé de conquérir Gibraltar, qui était alors occupée par les Anglais, et de la rendre à l'Espagne après la guerre. Gibraltar était importante pour bloquer l'accès à la Méditerranée via son détroit. Tout bien réfléchi, c'était une proposition raisonnable. Ce qu'Hitler ne savait pas, en revanche, c'est que les Anglais étaient au courant de ce plan. Et comme Franco recevait son argent pour payer son armée et ses généraux de Rothschild également, comme d'ailleurs l'Internationale communiste, le parti d'opposition, on avait donné deux milliards de dollars à chacun des généraux pour qu'ils refusent ce plan.

Négociations difficiles

Franco pouvait difficilement admettre que ses généraux refusent d'obéir, ce qui n'aboutit à aucun résultat. Les négociations furent cependant si difficiles qu'Hitler aurait ensuite déclaré qu'il aurait préféré se faire arracher les dents une à une plutôt que de négocier avec Franco.

Photo de clôture

Une photo de clôture des trois partenaires de négociation, Hitler, Franco et Mussolini, avait été publiée dans le journal. On y voit que la négociation avait aussi mis Franco à rude épreuve. Il avait l'air tellement désespéré sur cette photo que le journaliste n'avait pas osé publier l'original. Il avait alors collé une autre photo de Franco sur son visage abattu, mais cela avait été tellement mal fait que tout le monde l'avait remarqué à l'impression. Cela avait suscité de grands éclats de rire. Cette photo retouchée peut être consultée aux archives.

Authentique ?

Churchill tirait beaucoup de satisfaction du fait que ses dictons fussent si populaires. Il y avait également des proverbes qui n'étaient pas de lui, mais comme ils lui plaisaient, il les fit siens. Le matin, il demandait souvent à son domestique : « Ai-je encore dit quelque chose de drôle hier ? », et ce dernier lui disait fidèlement ce qui circulait.

Aux portes du Paradis

Une chose n'est sans doute pas authentique, c'est cette citation qu'il aurait prononcée à Pierre pour qu'on le laisse entrer au Paradis. Il lui avait demandé s'il avait fait au moins une fois dans sa vie une bonne action à part faire la guerre et jeter des bombes.

« Bien sûr. J'ai apporté mon aide à des millions de jeunes femmes dans de nombreux pays à obtenir très tôt une pension de veuve. » Pierre n'était pas tout à fait certain que toutes ces femmes aient été réellement heureuses. C'est la raison pour laquelle il voulait d'abord demander au Conseil central des archanges si cela était considéré comme étant une bonne action.

« Peux-tu exposer une bonne action qui concerne les hommes ? »
« Mais certainement. J'ai fait le nécessaire pour qu'ils reçoivent gratuitement des prothèses et des yeux de verre. »
« Le fait qu'ils ne durent rien payer est certainement quelque chose que l'on peut considérer comme positif », pensa Pierre. Il fit alors entrer le bon Churchill en premier lieu au Purgatoire.

Le bon Dieu

Churchill était athée. Quand on lui demandait s'il croyait en Dieu, il répondait : « Il ne s'est pas encore présenté à moi. Mais s'il venait à me rencontrer et qu'il sondait mon registre des péchés, il mourrait dès lors qu'il apprendrait le nombre de corps qui reposent dans ma cave. »
« Et quand est-il de votre croyance en Satan ? »
« Je n'ai pas besoin d'y croire, j'ai affaire à lui tous les jours. »

Lignes de vie (3.10)

90 fois 365

Nous arrivâmes à un parcours sur quinze mètres, la « ligne de vie », avec un accès tactile au classeur numérique où l'on découvre tout sur Churchill. Il n'y a pas un seul jour où l'on ne trouve pas plusieurs notes. C'est le curriculum vitae le plus exact qui existe pour une personne. Des informations sur tous les jours de sa vie, de sa naissance à sa mort. Pour tout lire, il nous aurait fallu plusieurs mois.
Je voulais seulement noter quelques informations.

Houston me dit qu'il possédait déjà chez lui un livre qui s'appelle *Les Histoires de Churchill*. Ce sont des histoires que Churchill avait lui-même racontées dans son club. Il avait l'intention de me le donner pour que je le lise.

Journaliste

Churchill a rédigé la plupart des histoires présentes dans ce recueil lors de ses nombreux voyages en tant que journaliste. Du Caire au Cap, il avait eu l'occasion de participer à la bataille d'Omdurman. Son livre *The River War* relate le soulèvement dans la région du Nil supérieur contre l'hégémonie de la colonisation anglaise.

Dernière bataille à cheval

Six cent mille cavaliers et chameaux s'étaient mis en travers de la route des Anglais : ils voulaient coûte que coûte conserver leur indépendance que le grand Madhi avait gagnée pour eux. Mais le courage héroïque qu'ils voulaient défendre avec leurs sabres ne suffit pas à contrer les armes modernes des Anglais.

Ils furent tous écrasés, chevaux et chameaux avec. Churchill écrivit à ce propos : « Personne n'était plus indésirable que nous. »

Mausolée

Le mausolée de leur grand combattant pour l'indépendance, Madhi, était devenu un lieu de pèlerinage. Il était honoré comme un saint. Le général Kitchener, qui avait mené la guerre, fit exhumer son corps. Les os furent broyés et dispersés dans le Nil. Quant à son crâne, il fut utilisé comme cendrier lors de la fête de la victoire et Churchill s'en servit pour son cigare.

Protestations

Les protestations de ces actes n'étaient pas seulement visibles dans ce pays, mais dans l'opinion publique mondiale. Churchill avait lui-même avoué qu'il n'était pas malin de heurter la sensibilité des autochtones et qu'il n'y avait rien à en tirer.

Funérailles

Le gouvernement anglais ordonna alors d'enterrer les restes du crâne. Dans une procession solennelle avec les condoléances de l'ensemble de la population, le « cendrier » fut inhumé avec respect.

La guerre des Boers (3.11)

Le Cap

C'était la destination finale de cette traversée de l'Afrique. Là-bas se trouvait également Cecil Rhodes qui, quelques mois plus tôt, avait conquis le sud et le nord de la Rhodésie. Aujourd'hui, ces pays s'appellent le Zimbabwe et la Mozambique. Rien ne doit rappeler Rhodes, le conquérant détesté. Ce dernier avait appris qu'on avait fait de belles trouvailles d'or et de diamants dans le sud de l'Afrique. Il avait l'ambition d'ajouter l'exploitation des mines à son immense richesse qu'il avait dérobée.

Les Boers

Le problème était que les Boers s'étaient installés en Afrique du Sud. « Boer » est un terme néerlandais pour désigner les paysans. Les Néerlandais ne considéraient pas l'Afrique du Sud comme une colonie, mais comme une région de colonisation qu'ils voulaient cultiver eux-mêmes, ce qui est comparable avec les pèlerins dans les États nord-américains. Ils ne voulaient pas d'étrangers, de peur qu'ils exploitent leurs mines d'or.

Discrimination

Les Anglais y virent une discrimination envers les étrangers et reprochèrent aux Boers de porter atteinte aux droits de l'Homme. Ils envoyèrent alors une armée en Afrique du Sud pour y rétablir des conditions humainement dignes. En revanche, le gouvernement anglais avait pris bien soin de faire passer sous silence le fait qu'il était intervenu dans l'unique but d'exploiter les mines.

450 000 soldats

La reine Victoria envoya quatre cent cinquante mille soldats pour briser la résistance des Boers. La couronne devait percevoir vingt pour cent des profits. La guerre contre les Boers était quelque chose de nouveau, dans la mesure où l'on se battait contre des Européens civilisés, contrairement aux « Nègres » qui étaient considérés comme des êtres barbares et inférieurs.

Les partisans

À cette immense armée faisaient face seulement trente mille Boers qui n'auraient jamais pu gagner une bataille ouverte. C'est pourquoi ils se cachaient le jour et commettaient des attentats la nuit contre les lignes ferroviaires dans l'espoir que le combat des Anglais soit voué à l'échec.

Camps de concentration

Ce n'est que lorsque Cecil Rhodes eut l'idée d'envoyer femmes et enfants dans des camps de concentration, et de les garder prisonniers sans nourriture ni eau pour qu'ils meurent au bout de trois à quatre semaines, que la résistance des hommes qui combattaient en arrière-plan fut rompue. Leurs femmes et leurs enfants morts, ils ne voyaient plus aucun intérêt de continuer le combat.

Nouvelle tactique

Pour ses guerres futures, Churchill fit la découverte d'une nouvelle tactique : « Il est important de tuer les femmes et les enfants, car ensuite, les hommes n'ont plus la motivation pour se battre. » Il utilisa cette tactique lors des bombardements aériens sur les villes allemandes. Les hommes étaient au front, tandis que, dans les villes, vivaient aussi bien des femmes, des enfants et éventuellement de vieux parents convalescents.

C'était donc un point de départ pour saper le moral des hommes. Voilà pourquoi Churchill appelait ces bombardements « moral bombing ».

L'importance de la femme (3.12)

Un deuxième grand avantage de cette nouvelle tactique, c'était qu'il était bien plus efficace de tuer les femmes pour anéantir un peuple entier. Un exemple simple montre que si mille femmes et seulement trois ou quatre hommes survivent, le taux de natalité sera dans tous les cas plus fort que l'inverse. Si mille hommes et trois femmes survivent, les hommes peuvent se fatiguer autant qu'ils le veulent, ils ne pourront pas mettre au monde plus de trois enfants. En dix ans, cela en ferait trente.

Cet exemple montre combien les hommes sont superflus et Churchill espérait ainsi, fidèle à son humour britannique, que par cette reconnaissance de la valeur de la femme, il deviendrait président d'honneur à vie de toutes les associations féministes.

Expérience

Afin de la prouver scientifiquement, cette thèse a été testée avec des rats mâles et femelles, et elle s'est confirmée. Toutefois, certains chercheurs sérieux ont mis en doute cette expérience. Le comportement sexuel des rats n'est pas tout à fait comparable à celui des hommes. La reproduire avec des humains serait toutefois impossible. Cela pourrait durer au moins dix ans et il est fort peu probable que suffisamment de volontaires soient prêts à y participer.

Vénus hottentote

Il existe une preuve de mère nature que les chances de survie des femmes sont supérieures à celles des hommes. Le désert du Kalahari, où vivent les Hottentots, est tellement hostile qu'ils ne trouvaient souvent rien à manger, et ce, des mois durant. Il y eut alors une mutation, mais elle ne toucha que les femmes. Ces dernières peuvent survivre jusqu'à six mois sans manger. La nature leur a donné une stéatopygie, à partir de laquelle elles peuvent s'alimenter. On peut comparer cette particularité avec les bosses des chameaux ou des dromadaires qui ont la même fonction. Quand la graisse stockée est épuisée, leur bosse pend mollement.

Sarah Baartman

Cette « vénus hottentote » est devenue célèbre en montrant sa « stéatopygie » contre rémunération. Aujourd'hui, on peut contempler sa statue de plâtre à taille humaine au Musée de l'Homme à Paris. De son vivant, les Anglais ont fait venir Sarah Baartman à Londres pour qu'ils puissent admirer ce miracle de la nature.

Plans futurs

Une fois que l'Afrique entière fut colonisée, l'impérialisme des Anglais n'avait plus d'objectif. Cependant, il vint à l'esprit de Churchill qu'il n'avait pas encore dérobé tous les territoires du sultan ottoman. Il restait encore le Proche-Orient à conquérir. Churchill trouvait que la Mésopotamie, pays fertile aux deux fleuves, était bien trop précieuse pour être habitée par des barbares : seuls les Anglais civilisés auraient le droit de posséder une telle colonie. En outre, on commença à remplacer le charbon par du pétrole dans les bateaux. Les riches champs pétrolifères de Basra devaient également revenir aux Anglais.

L'un des archéologues les plus doués, Lawrence d'Arabie, fut choisi pour préparer cette conquête.

« Mais je te raconterai cette histoire une autre fois », me dit alors Houston.

Siège (3.13)

Nous ouvrîmes les archives pour aborder une plus petite histoire : celle du siège de Sidney Street. À l'époque, Churchill était ministre de l'Intérieur et son ministère ne se trouvait pas loin de cette rue. Lorsqu'il entendit des tirs, il accourut immédiatement sur les lieux. Quand des fusillades se produisaient, il n'y avait rien à faire, il fallait qu'il y prenne part.

Le pistolet mauser

Pour ses dix-huit ans, sa mère lui offrit un pistolet mauser. Un cadeau sensé pour un jeune homme. Ce serait bien si les mères allemandes pouvaient importer cette coutume. Churchill avait toujours ce pistolet sur lui, toute sa vie durant, et il avait tant de souvenirs des ennemis qu'il avait tués qu'il ne voulait l'échanger pour rien au monde, même lorsqu'une version améliorée fut mise sur le marché.

L'exemplaire original est devenu une arme culte, qui peut s'acheter auprès de plusieurs armuriers. Son prix oscille entre quatre-vingt-dix-neuf et trois cents dollars.

Sidney Street

Dans cette rue, deux cambrioleurs armés s'étaient introduits dans une bijouterie et avaient tirés sur des passants après que la police avait encerclé le magasin. Churchill tira à son tour et les bandits prirent finalement conscience qu'ils n'avaient aucune chance de s'échapper. Alors ils mirent le feu pour avoir peut-être une chance de s'enfuir dans le désordre des ambulances et des pompiers. Churchill, qui était alors ministre de l'Intérieur, interdit aux pompiers d'éteindre l'incendie et laissa l'immeuble se consumer entièrement, sauf les murs porteurs. Lorsqu'on pénétra dans les ruines, on retrouva les deux truands au fin fond de la cave, recroquevillés et complètement carbonisés.

Le cavalier du feu

Peut-être connaissez-vous le cavalier du feu du poème de Mörike. Il est assis sur son cheval, adossé au mur, jusqu'à ce qu'on le touche. Puis, il est dit « Ouch ! Ses restes tombent en cendres. » C'est ce qu'il advint de ces deux hommes lorsque Churchill donna l'ordre de les transporter dans la chambre des horreurs pour les montrer comme preuve qu'il ne faut pas incendier une maison tant qu'on est soi-même à l'intérieur. Ils tombèrent en cendres au moment de les emmener. Il ne restait plus qu'à balayer les restes des deux bandits.

Critique

Le rôle qu'a tenu Churchill en tant que ministre de l'Intérieur dans cette affaire a été fortement critiqué.
Premièrement, on ne tire pas à tout va, et deuxièmement, quand un incendie se déclare, on ne laisse pas brûler des bandits.

Face à ces affirmations, il avait rétorqué que tout n'était que pure calomnie et qu'il n'était même pas présent lors de cette attaque.

À cette époque, cependant, il y avait déjà des appareils photo et on avait reconnu Churchill au premier rang sur une photo qu'un journal avait publiée. Il s'était alors corrigé et avait déclaré : « Évidemment, un ministre de l'Intérieur se doit d'être en première ligne lorsqu'il se produit un fait aussi criminel que celui-ci. »

Signal de fin d'alerte

Si, au départ, on pensait qu'il s'agissait d'une attaque terroriste, le signal de fin d'alerte ne tarda pas à être levé. Les deux voleurs étaient de simples truands. La grande agitation suscitée avait donc été totalement inutile.

Ministre des Finances (3.14)

Une économie en plein essor

En 1926, l'économie anglaise eut un tel essor que les entreprises firent d'importants profits. Elles avaient tant de capitaux propres qu'elles n'avaient plus besoin de crédits pour payer les matières premières et rémunérer leurs salariés. Les banques devaient auparavant avancer cet argent, qu'elles ne récupéraient que lorsque les marchandises finales étaient vendues. Au grand regret des banques qui, comme on le sait, vivent des intérêts. Il fallait donc un ministre des Finances qui ruine l'économie pour que l'on ait à nouveau besoin des banques.

Changement de parti

Il était difficile de trouver un homme sérieux qui accepterait cette mission. Pour Churchill, ce n'était pas un problème. Le problème, c'était plutôt les conservateurs qui formaient le gouvernement alors qu'il avait rejoint le Parti travailliste. Mais ce problème fut vite résolu. Churchill changea à nouveau de parti et redevint conservateur. Il s'en acquitta en disant : « Il faut un fort caractère pour changer de parti, mais pour le faire deux fois d'affilée, il fallait un leader, comme moi. »

Déflation

Il s'avéra qu'en politique, il était très facile de ruiner l'économie. Churchill n'eut besoin que de six mois pour le faire. Il revint à l'étalon-or. La plupart des banques ne pouvaient tout bonnement plus dépenser d'argent et les entreprises, même avec les meilleurs rendements, ne pouvaient plus fabriquer de marchandises, ni payer leurs salariés. Il arrivait souvent que les banques rachètent les entreprises pour la somme symbolique d'une livre. Il ne fut pas facile de remettre les entreprises sur pied. Ni les banques ni les politiques n'en étaient capables, et les entrepreneurs en eurent marre.

Manifestation générale

Cela engendra même une manifestation générale qui, au vu de la situation, faisait courir le pays à la catastrophe. Même Churchill en perdit son latin. Il ne voyait qu'une seule solution : abattre les manifestants selon la devise de Napoléon : « Quand on en tue douze, c'est une catastrophe, quand on en terrasse dix mille, le calme revient. »
Heureusement, il ne réussit pas à imposer cette idée. En revanche, il parvint à surmonter cette crise avec un bon

proverbe : « On dit que j'ai été le plus mauvais des ministres des Finances que l'Angleterre ait jamais connu, et je dois avouer que c'est vrai. »

In the desert

Churchill avait déclenché cette dépression conformément aux ordres, afin de satisfaire les banques. Cependant, après cela, on n'osa plus lui confier de fonction officielle. Ce furent ses « années dans le désert », comme il le dit lui-même. Cela n'était pas tout à fait exact. Churchill restait l'éminence grise, car il était le représentant de la haute finance.

Wall Street

Sa gloire s'était propagée jusque Wall Street. Lorsqu'en 1928, Herbert Hoover, qui était détesté par les banques, fut élu président, ils firent venir Churchill à New York. Il devait les aider à provoquer une grande dépression afin de ruiner le nouveau président aux yeux du peuple et de rendre ses promesses de prospérité irréalisables.

Jeudi noir

Leur plan réussit en seulement trois mois. Tous les propriétaires de banque s'étaient rassemblés et avaient discuté de la meilleure façon d'opérer un krach bancaire. Lorsqu'on lui demanda ce qu'il pouvait bien faire à New York, il répondit : « J'avais besoin d'y aller pour me relaxer un peu. » La procédure était la suivante : les banques se mirent d'accord sur celles qui devaient faire banqueroute et celles qui devaient garder l'argent. Quand une banque fait faillite, cela signifie seulement que les épargnants perdent leurs économies et leurs titres. Pour la banque elle-même, cela n'a aucune conséquence. Elle ne participe qu'à hauteur de cinq pour cent. Ainsi, les réserves en or furent transportées par tonnes dans les caves prisées de Rockefeller et Rothschild, et l'argent fut viré dans une banque que seuls des initiés connaissaient. Pour que tout cela soit légal, les banques virèrent cet argent reçurent des titres équivalents. Mais ces documents n'avaient aucune valeur. C'étaient en quelque sorte des titres à haut risque, ou encore des emprunts obligatoires imaginaires élaborés de manière artificielle à des fins frauduleuses.

Baruch

Nous avons déjà fait la connaissance de cet homme. C'était le président secret des États-Unis pendant la Première et la Seconde Guerre mondiale. On l'a souvent encouragé à se présenter, mais il disait toujours : « À quoi bon. Je gouverne sans devoir m'exposer au public, je ne suis pas non plus obligé de me présenter pour un nouveau mandat et personne ne peut m'en faire le reproche. » Il joua un rôle décisif dans cette crise bancaire. Bien entendu, il ne s'est pas contenté de sauver sa propre fortune et celle de son ami Churchill, il les a multipliées. Alors que la majorité avait perdu l'ensemble de son capital, il était facile à ceux qui n'étaient pas concernés de racheter des exploitations, des maisons, etc. George Untermeier, par exemple, qui voulait acquérir le Washington Post pour cinq millions de dollars et qui ne l'avait jusqu'à présent pas obtenu à ce prix, parvint à le faire pour huit cent mille dollars lors d'une vente aux enchères. La fortune du père du président Kennedy, que nous connaissons tous et qui faisait partie des initiés, était estimée à deux millions avant la dépression, et passa à cent millions deux ans plus tard. Les autres subirent également des augmentations semblables.

Autobiographie

Churchill écrit : « Je faisais une petite promenade dans Wall Street quand je fus surpris par une grande agitation. Quelqu'un s'était défenestré, un autre criait comme un fou. Un journaliste voulait vendre sa voiture pour cent dollars, car les banques ne pouvaient plus verser d'argent. » Churchill faisait mine d'être surpris, car en réalité, il était satisfait que le krach se déroulât aussi bien.

Vendredi noir

Ce krach se produisit le jeudi à New York. Le lendemain, les banques européennes s'effondrèrent. Churchill voulait voir la réaction de ses concitoyens à Londres. Il prit rapidement un vol et rentra chez lui. Il était très fier de ses Anglais. Contrairement aux Américains qui avaient poussé des cris d'horreur, les Londoniens, eux, s'étaient retirés élégamment dans la chambre la plus reculée de leur maison pour se tirer une balle dans la tête. Ils avaient fait preuve de bonne contenance.

Woodrow Wilson

Houston avait encore tant d'histoires à raconter, notamment sa rencontre avec Wilson en 1918, le président qui déclara la guerre à l'Allemagne en 1916. Il signa également l'acte de fondation de la FED (la Réserve fédérale des États-Unis). Fils d'un prédicateur méthodiste, il s'intéressait aussi à la Westminster Central Hall de l'immense centrale de cette communauté religieuse qui se situait non loin du Trésor.

Houston voulait aussi me raconter quelques anecdotes sur ce personnage. Toutefois, il était évident qu'une simple visite dans les War Rooms ne suffirait pas à avoir un aperçu global de la vie de ce grand homme d'État, qui détermina l'Histoire mondiale pendant près de cent ans.

French House (3.15)

Nous décidâmes de profiter d'une soirée de détente à la French House, car nous étions assez fatigués. On y sert une cuisine française excellente. Nous nous contentâmes d'un simple dîner sans viande, d'une ratatouille faite à partir de légumes très frais. Nous prîmes avec cela du Chablis, un vin blanc léger. Impossible de quitter la French House sans un Pernod Ricard, un spiritueux à l'anis succulent. L'atmosphère est encore imprégnée du Général de Gaulle qui y vécut pendant les années de guerre. C'est ici qu'il a rédigé son célèbre discours télévisuel : « Nous ne sommes pas seuls. »

Georges Brassens

Discrètement, en arrière-fond, passait la musique du grand chansonnier qui marqua le style de vie de la génération d'après-guerre. C'était surtout le chouchou des étudiants parisiens. On en avait assez de la guerre et de la musique de marche. Lorsque nous sortîmes de la maison, il résonnait encore dans nos oreilles : « La musique qui marche au pas, cela ne me regarde pas ».

Journal intime

Sur le chemin du métro, j'avouai à mon ami Houston que j'avais consigné toutes ses histoires sous la forme d'un journal intime. Ce jour-là, c'était notre troisième jour. Nous convînmes de nous retrouver le lendemain devant l'entrée de la galerie d'art avant de visiter le Musée britannique.

Invitation

Houston m'annonça qu'il avait reçu par e-mail une invitation de Charles et Cynthia à venir chez eux, dans leur maison à côté de l'Eaton Square. Douglas serait là également et Cynthia avait choisi le thème de la « guerra parallela » pour la soirée. Tous les quatre avaient vécu ces histoires lors d'un voyage comparable à celui de Nice, mais cette fois-ci au sud de Naples, dans la baie de Paestum, où ils firent la connaissance du fils d'un Chemise noire haut placé.

Antonio

Antonio en question est ensuite parti vivre à Londres et y a ouvert un restaurant italien prisé. Quand on passe le pont de Londres et qu'on continue tout droit, on tombe directement dessus. Il s'appelle Padella. Le restaurant n'offre pas de service traiteur, mais il fit une exception pour nous, car il faisait partie du cercle d'amis. Il nous servit en entrée des pâtes alle vongole, puis du saltimbocca ainsi que différentes salades vertes fraîches avec de l'huile d'olive et du vinaigre de vin de grande qualité, le tout accompagné de Chianti. En dessert, nous dégustâmes un sabayon fraîchement fouetté, comme seuls les Italiens savent le faire. Ce qui importait à Antonio, c'était que les plats soient bons. Les décorations artistiques étaient inutiles à ses yeux. Il voulait un repas pour les gourmets, sans fioritures.

Quatrième jour (4)

Art Gallery (4.1)

Je fus ponctuel et montai les marches impressionnantes de l'entrée où se trouvait une énorme boîte en plexiglas. Elle était remplie au quart de pièces, mais aussi de petits et gros billets. Les musées anglais sont gratuits et les visiteurs ont la possibilité d'y mettre le montant qu'ils souhaitent. Houston n'était pas encore arrivé. J'eus alors l'occasion d'admirer paisiblement le panorama de cette superbe ville. À droite, l'immense colonne avec l'amiral Nelson. À ses pieds, quatre énormes lions et en face, la Whitehall Street, jalonnée uniquement de palais. La vue directe sur Big Ben et le parlement offre une perspective incroyable. Dans une petite rue latérale à droite, on arrive au 10 Downing Street, mais elle est fermée à la circulation. On voit que Londres n'est pas seulement la capitale d'un grand pays, mais du plus grand empire que le monde ait jamais connu.

Dame Myra

Peu de temps après, je vis Houston monter les escaliers. La première chose que je lui demandai était où se trouvait le piano de Dame Myra. Cette pianiste au talent exceptionnel était la chouchoute des Londoniens. Lorsqu'au début de la guerre, les bombardements allemands sévissaient et que les Londoniens cherchaient refuge dans les shelters – dans les stations de métro – alors qu'ils n'étaient pas conçus pour se défendre des attaques aériennes, on n'osait plus donner de concerts car, avec le peu de temps qu'il y avait entre l'alarme et l'attaque, on ne pouvait plus vider les grandes salles. Elle eut alors l'idée d'organiser des concerts sur la place publique. Et comme, dans ce cas, aucune place ne pouvait être vendue, ces concerts étaient gratuits.

Robert Schumann

De nombreux collègues s'étaient joints à elle et cette idée fut très bien accueillie. Avec ses concerts, elle fit une deuxième requête. Elle voulait opposer à Churchill, qui était le seul à parler des Allemands comme des Huns, une autre image des Allemands. Elle joua alors la musique de Schumann qui était l'incarnation du romantisme germanique. Ses concerts étaient une protestation silencieuse contre la politique officielle, et les Londoniens écoutaient avec enthousiasme les rêveries du compositeur : Carnaval, Papillon et Essor.

Comparaison

Churchill était fou de rage. Il voulait la liquider sur sa chaise de piano. Mais il n'osa pas le faire, car Dame Myra était juive, et Churchill ne pouvait pas prendre le risque de passer pour un antisémite. Il fit remarquer qu'il savait pertinemment que la pianiste utilisait sa musique en guise de protestation contre la rhétorique antiallemande. Et que, contrairement au Reich d'Hitler, la liberté de l'art était garantie sous son gouvernement.

Le marquis de Posa

Il en fut autrement au Schillertheater de Berlin pendant la représentation de *Don Carlos*. Lorsque le marquis de Posa exhorta au roi « Sire, accordez la liberté de penser ! » et que le public s'était levé pour applaudir, les SS étaient entrés dans la salle, contraignant les spectateurs à se rasseoir au plus vite et à arrêter d'applaudir.

Courage

Quand on regarde la situation de plus près, les attaques aériennes à Londres et la musique du romantisme germanique, alors on se rend compte que cette pianiste a fait preuve de courage.

Les actualités

Au même moment, les informations allemandes montraient des images de bombes destinées à Londres. La plus grosse portait l'inscription : « Un particulièrement gros cigare pour Churchill. »

Tableaux

Nous pénétrâmes dans le musée. L'architecture grandiose du hall d'entrée me sauta aux yeux. La collection de tableaux était tellement impressionnante qu'on avait du mal à savoir de quelle toile on devait parler. *La Vierge aux rochers* de Léonard de Vinci, les sublimes tableaux de Turner, ceux de Constable, etc.

Les Ambassadeurs

Il me faut évoquer une scène adorable. Un petit groupe d'élèves de CP arrivèrent avec leur maîtresse et se mirent à contempler le tableau de Hans Holbein Le Jeune, *Les Ambassadeurs*. Nous assistâmes au cours et écoutâmes avec attention.

Le cours

Garçons et filles s'assirent par terre, face au tableau, et leur maîtresse leur posa des questions. « Regardez, quels vêtements portent ces deux hommes ? » Ils levèrent leur petite main et les décrivirent à leur maîtresse. « Qu'ont-ils sur la tête ? Regardez leurs chaussures. Qu'y a-t-il par terre ? Que voyez-vous sur la table, et sur le petit banc là devant ? Que remarquez-vous sur leur ceinture ? Que tiennent-ils dans leur main ? » Le petit groupe réagissait avec un tel intérêt et une telle discipline que j'en fus tout étonné. Puis, la maîtresse leur distribua à chacun une feuille et un crayon et leur demanda de dessiner un petit détail. Chaque écolier cherchait un détail différent, une bague sur un doigt, un lacet, un objet présent sur la table...

Une fois le travail accompli, la maîtresse ramassa les feuilles et dit : « Nous regarderons à l'école les feuilles de chacun d'entre vous et nous en discuterons. » Après quoi les élèves s'en allèrent en silence.

Envie

Quel privilège pour un enfant de pouvoir être initié aussi tôt à la culture et à l'histoire de son pays. La maîtresse ne leur avait pas expliqué le secret du crâne qui se cache dans le tableau. Ils étaient bien trop jeunes pour cela.

Holbein

Holbein est l'un des plus grands peintres au monde. Il est originaire de Bâle, où il peint Erasmus de Rotterdam, le célèbre humaniste, ainsi que Thomas Morus, l'auteur d'*Utopia*. Il se rendit à Londres où il peint tous les célèbres tableaux des cercles d'Henri VIII, d'Anne Boleyn et de Jeanne Seymour, la troisième femme du souverain, qui lui donna son seul fils, mais qui mourut après sa naissance de la fièvre puerpérale.

Holbein décéda dans cette même ville, malheureusement relativement jeune, et les Anglais le considéraient, tout comme Haendel, comme l'un des leurs.

Peinture allemande

Dans l'abondance des tableaux originaires des quatre coins du monde, je fus très surpris de ne voir exposé aucun tableau de peintres allemands. Cela résulte de la politique des Anglais ; leurs représentants officiels considérant que « L'Allemagne n'existe pas, n'existera pas et n'a jamais existé. »

Dürer

La seule exception est un autoportrait de Dürer qui fut dérobé comme trophée de guerre pendant la guerre de Trente Ans dans la ville protestante de Nuremberg et ramené à Vienne par les troupes catholiques. Il passa ensuite par Madrid avant de rejoindre Paris où Louis XIV l'attendait. Puis, les Anglais l'emportèrent à Londres. Hermann Goering n'était probablement pas le seul à voler des œuvres d'art.

Pause

Nous fîmes une petite pause dans le café de la galerie, un lieu convivial, pour boire un coup. Visiter un musée comme celui-ci est tout de même très épuisant. Houston me confia que nous étions invités ce soir chez Cynthia et Charles, à côté d'Eaton Square. Il nous faudra arriver relativement tôt car ils avaient prévu de faire à dîner.

Sortie

Avant de partir, nous contemplâmes les tableaux de Rembrandt, de Frans Hals et de Jan von Eyck. Puis, nous nous rendîmes au Jamie Oliver's Fifteen en passant par Trafalgar Square pour déjeuner.

Déjeuner (4.2)

Houston me proposa de goûter à l'une des célèbres soupes de poisson de Jamie. L'Angleterre, pays entouré de mers, ne manque pas de poissons. Je me réjouis de cette proposition. L'un de mes plats préférés est la bouillabaisse. J'avais à présent l'opportunité de connaître la variante anglaise.

Journal intime

Tandis que nous attendions, j'avouai à Houston que j'avais consigné dans un journal intime tout ce qu'il m'avait raconté jusqu'à présent, ainsi que les histoires que m'avaient contées les autres le soir chez lui. Je lui dis également que je souhaitais les publier car je les trouvais particulièrement intéressantes.

Le titre

Cependant, je n'étais pas encore certain du titre. *Journal intime londonien* est trop général. *Histoires étranges de Londres* ? Certaines sont tout à fait normales. *Les Récits incroyables de Londres*, ça ne concerne pas non plus toutes les histoires. *Histoires alternatives* fait allusion au fait que tous les récits ne sont pas politiquement corrects. Et ça, c'est trop politique.

Décaméron londonien

Je songeais également à ce titre. Il était neutre et se référait uniquement à sa composition formelle. Comme nous le savons, dix jeunes nobles, sept hommes et trois femmes, fuirent Florence par peur de la peste. Ils choisirent un domaine à l'extérieur de la ville. Afin de faire passer le temps, chacun d'eux devait imaginer une histoire et la raconter aux autres. Et ce, tous les jours. Au bout de dix jours, ils avaient cent histoires.

Boccace

Il est l'auteur du *Décaméron*. Prêtre, c'est au confessionnal qu'il apprit bon nombre d'histoires scandaleuses de ruptures conjugales, de vols et de meurtres. Ces thématiques sont insignifiantes dans la variante londonienne, mais certaines de vos histoires sont tout aussi scandaleuses.

Le quatrième jour

Aujourd'hui, c'est le quatrième jour. Nous sommes en présence de seulement quatre conteurs et non de dix. Toi, Tusitala, tu es le conteur principal. Mon rôle est de prendre en note vos histoires. Mais comme je m'autorise à insérer des remarques, à faire des critiques, voire à raconter mes propres histoires, il est possible que je devienne le cinquième participant. De cette manière, nous aurons au moins la moitié de la noblesse de Florence. Et nous y arriverons certainement en dix jours.

Soupe de poisson

La soupe de poisson était, du reste, excellente. Et le cuisinier, rendu célèbre grâce à la télévision, était également très sympathique.

British Museum (4.3)

L'immense toit de verre au-dessus de la cour intérieure est incroyable. C'est la plus grande place couverte de toute l'Europe. Au milieu de cette dernière se trouve le bâtiment surmonté d'un dôme de la salle de lecture. À droite et à gauche, les entrées du département égyptien permettent d'accéder aux collections grecques. C'est depuis la galerie que l'on a la meilleure vue, en face de la porte principale de la salle de lecture. Là-aussi, il est particulièrement agréable de regarder les nombreux écoliers habillés de couleurs criardes se hâter d'une collection à l'autre. Les couleurs criardes sont nécessaires. Si ces petits se perdent dans la foule de la capitale, il serait ainsi plus aisé de les retrouver et de les ramener au groupe qui porte la même couleur qu'eux.

Momies égyptiennes

Aucun autre musée au monde ne présente autant de momies que celui-ci. La richesse de la peinture égyptienne est incroyable. Les statues de marbre du Parthénon à Athènes et de l'Érechthéion ont été ramenées ici illégalement. La Grèce les réclame et souhaite les remettre dans leurs temples historiques d'où Elgin les avait enlevées.

Cylindre de Cyrus

Le grand roi de Perse, 538 avant J.-C., y a fait graver, pour la première fois, les droits humains en écriture cunéiforme. C'est aussi lui qui a permis aux juifs de rentrer à Jérusalem en les libérant de la captivité babylonienne et de construire leur deuxième temple.

Sa sépulture a survécu au fil des siècles et peut toujours être visitée en Iran, que l'on appelait autrefois la Perse. La raison de sa conservation est certainement due au fait qu'il était tellement respecté, même par les conquérants contemporains, qu'aucun d'entre eux ne voulait détruire son tombeau.

Buckingham Palace (4.4)

Sur le chemin de l'appartement de Cynthia, nous passâmes devant Buckingham Palace. Je suis toujours impressionné par sa façade monumentale ainsi que par The Mall, la large avenue qui y mène. Il y a toujours beaucoup de touristes qui observent la relève de la garde. Ce rituel n'est certes plus de notre temps, mais il fait partie de la tradition de l'Angleterre moderne.

Péché de jeunesse

Quand Charles acheta sa première caméra il y a de cela fort longtemps, lui et Cynthia se permirent une farce. Les soldats de la garde, avec leur bonnet en poils d'ours, doivent suivre le strict cérémonial. Cynthia devait les énerver et Charles voulait filmer la scène. Elle alla donc vers un garde et se mit à lui chatouiller le nez. L'homme au bonnet en poils d'ours resta droit, sans faire le moindre mouvement ni grimace. Mais rien que le fait de filmer cette scène fut une réussite pour Charles en tant que caméraman.

La nouvelle résidence de la reine

La reine Victoria est née et a grandi au Kensington Palace jusqu'à son couronnement. Depuis ce jour, Buckingham Palace est la résidence royale à Londres. Quand le drapeau est hissé, cela signifie que la reine s'y trouve. Pendant la Seconde Guerre mondiale, Buckingham Palace a été touché sept fois par les avions allemands. Une fois, un intercepteur britannique et un Dornier Do 17 allemand sont entrés en collision et se sont tous les deux écrasés dans la cour intérieure du château. Cet incident a même été immortalisé dans un film que l'on peut visionner à l'Imperial War Museum.

Vengeance ?

Hitler voulait-il se venger de la maison royale ? Bien entendu, il savait que le roi Édouard VIII, qui lui était favorable, avait été destitué uniquement parce qu'il ne voulait pas engager de guerre contre l'Allemagne, tandis que son frère George VI s'était prononcé en faveur dans son premier grand discours « The King's Speech ».

Réaction de la reine mère

Elle déclara : « Je suis pour ainsi dire contente que nous aussi, nous ayons été touchés. Ainsi, le peuple a pu se rendre compte qu'il n'était pas le seul concerné par la guerre. La famille royale, elle aussi, n'a pas été épargnée. » Après les premières attaques à East End, plus précisément celles des docks et des appartements des dockers, la reine s'était rendue sur place pour exprimer sa compassion envers les victimes. Mais elle avait été huée. De cette manière, le peuple voulait exprimer sa désapprobation d'une guerre qu'il jugeait inutile et superflue et de l'explication données par le roi pour justifier l'attaque contre l'Allemagne. En ces temps de guerre et sous la loi martiale, les manifestations du peuple n'avaient en réalité plus aucun effet.

Déménagement

On voulait protéger la famille royale en faisant déménager ses membres dans le château de Windsor. Mais la reine mère s'y opposa. Elle dit à ce propos : « Les princesses (Elizabeth et Margaret) ne s'en iront pas sans la reine. La reine ne s'en va pas sans le roi. Le roi ne s'en ira sous aucun prétexte. » Cette déclaration lui apporta beaucoup de sympathie. On honora le fait qu'elle voulait endurer les dangers autant que le peuple qui, lui, n'avait pas la possibilité de quitter Londres.

Étonnant

Outre le film amateur tourné par Wallis Simpsons qui montre Édouard en train d'apprendre à sa nièce de cinq ans le salut hitlérien, une photo prise par le roi lui-même de sa belle-sœur et de son frère avec leurs deux filles a fait son apparition. Elle date de deux ans plus tard. Entre-temps, Elizabeth avait eu sept ans. Elle a sûrement été prise en 1935, juste avant qu'Édouard soit couronné roi pour seulement onze mois. La photo montre Elizabeth le bras levé et tendu ainsi que, ô miracle, sa mère à côté d'elle en train de faire le salut hitlérien.

Eaton Square (4.5)

L'appartement de Cynthia ne se situe pas très loin de Buckingham Palace. Nous fûmes chaleureusement accueillis et l'on me présenta Antonio, le patron du restaurant italien *Padella*, qui avait amené un cuisinier et un serveur pour nous régaler. Douglas était déjà là. Il avait amené Lizzy, sa compagne qu'il avait rencontrée lors d'un voyage à travers l'Amérique entrepris avec un groupe de musique connu. Il était batteur et avait remplacé un membre malade du groupe. Lors de certains concerts, Lizzy faisait une apparition en tant que chanteuse.

Presque au complet

Notre soirée réunissait neuf personnes, soit presque autant que les dix nobles de Florence dans le *Décaméron*. Une autre surprise fut que Douglas avait apporté sa guitare. Il était donc prévu que nous chantions, notamment des vieilles chansons italiennes qu'ils avaient chantées lorsqu'ils avaient rencontré Antonio en Italie. Des souvenirs de jeunesse musicaux et gastronomiques d'Italie.

Battipaglia

Les quatre feuilles du trèfle avaient planté leurs tentes dans la baie de Salerne, un an après leurs vacances à Nice. C'était à l'époque une plage complètement déserte, pratiquement sans aucun touriste. Là-bas, ils rencontrèrent Antonio, un homme de leur âge qui s'est ensuite installé en Angleterre où il y a ouvert un restaurant. Il était originaire de Battipaglia, ville complètement détruite par les Américains lors de leur progression militaire de la Silice à Rome, en passant par Monte Cassino. Le petit Antonio avait été envoyé à Naples par sa mère, mais un jour, il retourna dans sa ville natale pour y devenir poissonnier.

Stratégie

Avant que les ricains ne progressent avec leur flotte, ils rasèrent tout ce qui se trouvait sur leur passage. Leur supériorité aérienne leur permettait ainsi de minimiser les pertes de leurs propres soldats.

Champs de tomates

À l'exception de grands champs de tomates et de larges plages de sable, il n'y avait rien à l'intérieur des terres. Les baroudeurs n'avaient donc pas besoin d'acheter des tomates. Les rameaux, pourvus de longues tomates Roma, proliféraient au sol et étaient tellement chargés de fruits que les fermiers ne pouvaient toutes les cueillir. Comme il n'y avait aucune épicerie à proximité, nos quatre amis – Antonio était parmi eux – avaient sympathisé avec des pêcheurs qui s'en allaient au large avec leurs bateaux. Ils avaient obtenu le droit de naviguer avec eux et les pêcheurs leur laissaient généreusement des poissons qu'ils grillaient au feu de camp. Une jour, ils participèrent même à une mattanza (ceux qui ne savent pas de quoi il s'agit peuvent aller voir sur Google).

Capri

Ils voguèrent vers l'Ouest, là où le soleil se couche et sombre dans la mer à Capri. C'était la première chanson que Douglas entonna : « Quand le soleil rouge sombre dans la mer, le soir à Capri, les pêcheurs sortent en mer… ». Il s'avéra qu'Antonio savait très bien chanter, de même que Lizzy, qui se joignit à eux, si bien que l'on eut droit à un trio musical.

Sorrente

Seulement, le poisson et les tomates ne suffisaient pas, c'est pourquoi les quatre amis durent se rendre à Sorrente, située à quelques lieues de là. C'était une petite ville portuaire d'où partaient les touristes pour se rendre à la grotte bleue après avoir traversé Capri. Là-bas, Cynthia sortit à nouveau son chevalet pour vendre ses tableaux, tandis que Douglas jouait et chantait. Ils réussirent ainsi à amasser l'argent pour le vin,

162

chose indispensable, et bien sûr pour s'acheter du raisin, du pain et du jambon de Parme.

Carpaccio

Entre-temps, dans la cuisine, le chef avait tout préparé et proposa en entrée un merveilleux carpaccio de veau. Le serveur servit habilement, puis apporta peu de temps après la deuxième entrée. Des spaghettis alle vongole, al dente : rien de bien surprenant, mais Antonio préférait de loin un plat savoureux à des mets artistiques.

Saltimbocca Romana

Le plat principal fut également quelque chose que l'on servait tous les jours, mais incroyablement épicé et inégalé en goût. Il y avait en outre un mélange de nombreuses variétés de salades vertes, fraîches et croquantes, assaisonnées d'un filet d'huile d'olive et de vin blanc. Comme dessert, nous eûmes un sabayon fraichement fouetté comme seuls les Italiens savent le faire.

Après le repas

Une fois que le repas fut terminé, le cuisinier et le serveur, tous deux italiens, se joignirent à nous. Charles raconta comment ils avaient alors exploré toute la région. Juste derrière leurs tentes se dressaient les célèbres temples de Paestum. Le temple de Poséidon se trouvait sur une colline derrière la plage. Toute la journée, les quatre amis s'amusaient faire la course à la nage. Ils voulaient aller suffisamment loin pour pouvoir apercevoir le temple de là où ils étaient. Dans ses carnets sur l'Italie, Lord Byron avait en effet écrit qu'il nageait si loin qu'il pouvait voir le temple de là où il se trouvait. Mais les quatre amis avaient constaté que cela n'était pas possible du fait de la courbure de la terre. Lord Byron avait donc, une fois de plus, bien frimé. En réalité, il avait vu le temple depuis son bateau.

Naples

Il existe le proverbe qui dit : « Regarde Naples et meurs ». Cette belle ville, tout comme le Vésuve, fut souvent un lieu d'excursion. Ils voulurent bien entendu visiter Pompéi également. Cynthia était la mieux informée et chercha activement la Casa dei Vettii. Lorsqu'ils finirent par la trouver, ils découvrirent, avec étonnement, que les femmes n'avaient pas le droit d'y entrer. Cynthia trouva alors une autre occupation : elle sortit les esquisses de fresques obscènes que Charles faisait pour les retravailler. Ses dessins rencontraient même un plus grand succès que les esquisses de Charles. Elles étaient plus plaisantes et étaient achetées surtout par des femmes déçues à qui l'on avait refusé l'entrée.

Aujourd'hui, cette règle concernant les femmes n'est évidemment plus valable.

Un riche Américain

Un couple d'Américains assez âgés, dont les vêtements révélaient que l'argent n'avait pas d'importance à leurs yeux, s'intéressa à une fresque que Cynthia avait réalisée avec des couleurs criardes en suivant les modèles de Charles. Le mari était enchanté et déclara que cette fresque serait parfaite accrochée au mur derrière son bureau. Il demanda son prix, et Cynthia, qui se fit passer pour une Italienne, lui écrivit la somme de mille lires sur un papier. Autrefois, une lire équivalait à un pfennig. C'était donc un prix modeste. Il faut dire que, comparé à aujourd'hui, l'argent avait dix fois plus de valeur. Douglas, ce galopin, dit : « Ce sont des dollars. » Ce prix parut cher à sa femme qui, avec une certaine rhétorique, déconseilla à son mari d'acheter cette fresque. Mais ce dernier était tellement conquis qu'il paya tout de même le montant en dollars.

Money Money Money

À la fin de cette histoire, Douglas entonna avec sa guitare la célèbre chanson d'Abba et tous les neuf, ainsi que le cuisinier et le serveur, se mirent à chanter. Avec cet argent, les quatre Londoniens avaient pu financer entièrement leur voyage. Dès lors, ils pouvaient se permettre d'aller à la grotte bleue, de visiter Anacapri et toute la côte d'Amalfi.

Le plaisir de danser

Le soir, ils sortaient régulièrement pour danser ou pour aller au cinéma. À l'époque, ce qui était le plus excitant, c'était le néo-réalisme d'un Rossellini. Son film *Stromboli*, avec l'actrice Ingrid Bergmann, eut un large succès. Avec leur argent, ils eurent même la possibilité de faire une croisière sur le Stromboli, ainsi qu'une halte sur les îles Éoliennes.

La grande star de l'époque, c'était Sophia Loren. Elle venait même de cette région, le Pozzuoli, qui se trouve près des champs Phlégréens.

Mambo italiano

Douglas joua la mélodie de ce grand tube et tous se mirent à chanter. On chantait une chanson après l'autre : *Felicita*, *Senza di te*, *Volare*, *Marina*, *Amore per sempre*, *l'Italiano*, et bien entendu, *Laura non c'è*. Cette ambiance, qui nous plongeait dans leurs souvenirs de jeunesse, était presque sentimentale.

YouTube

La vidéo de Sophia Loren que Cynthia mit en plein écran sur son PC provoqua une telle animation que tout le monde commença à danser le Mambo. La plupart d'entre nous devait danser seul, car il n'y avait que deux femmes. Les plus vieux ne dansaient pas de manière aussi fascinante que Loren, qui savait mettre en valeur ses fesses comme personne.

Retour au travail

Guiseppe et Federico, tous deux de bons chanteurs et de bons danseurs, seraient bien restés plus longtemps avec nous, mais il leur fallait retourner au Padella pour reprendre leur service.

La guerra parallela (4.6)

Pour commencer, Antonio nous raconta son enfance. Son père était un Chemise noir. Il appartenait aux camicie nere qui, avec la marche de Rome, avaient contribué à mettre le Duce au pouvoir. Plus tard, il participa à presque tous les combats des Italiens contre les alliés.

Déclarations de guerre

Les premiers succès militaires d'Hitler encouragèrent Mussolini à déclarer la guerre contre l'Angleterre et la France à ses côtés. Il voulait rétablir l'ancien « imperium romanum » en commençant par l'est de la Méditerranée. En premier lieu, ses troupes envahirent l'Égypte, pays légendaire avec ses souvenirs historiques de César et Cléopâtre.

Le canal de Suez

Hitler s'était réjoui de l'entrée en guerre de l'Italie et promit immédiatement d'apporter son soutien avec ses troupes. Le canal de Suez, une fois tombé entre les mains des Allemands, empêcherait les Anglais d'atteindre rapidement l'Inde, leur colonie la plus précieuse. Mais Benito n'était pas d'accord. Il voulait s'attribuer les mérites tout seul et sans aucune aide étrangère. Son succès fut modeste ; les troupes italiennes ne réussirent pas à accéder au canal de Suez que les Anglais avaient vaillamment défendu.

La guerre contre la France

Juste à temps, deux jours avant la capitulation du général Pétain et du régime de Vichy le 22 juin 1940, Mussolini déclara la guerre à la France et l'envahit sans attendre. Il rêvait depuis longtemps de reprendre la riviera italianophone : Vintimille, Menton, Monaco, et surtout Nice, la ville natale de Garibaldi, le grand combattant italien pour la liberté.

Villages alpins italiens

Les chasseurs alpins italiens envahirent tous les villages de montagne où l'on parlait italien, de la vallée d'Aoste jusqu'au Mont Blanc. La plus haute montagne d'Europe ne devait bientôt plus être connue sous son nom français, mais sous le nom de *Monte Bianco*.

La Corse

Sur cette île, il était incontesté qu'on y parlait un dialecte italien et qu'elle appartenait par conséquent à l'Italie, bien que Gènes, alors très endettée, l'eût vendue au roi de France juste après que Napoléon y vint au monde. C'est ainsi qu'il devint empereur des Français au lieu de devenir un combattant italien pour la liberté.

La Tunisie

L'Italie revendiquait ce pays pour des raisons géographiques et historiques. La chaîne des Apennins s'étend jusqu'en Tunisie en passant par la Sicile. De plus, il y avait Carthage la puissante, la rivale de Rome. Après que l'Angleterre avait arraché l'Égypte à l'Empire ottoman afin de mettre la main sur le canal de Suez, qui présentait de nombreux avantages, et que les Français avaient obtenu l'Algérie, pays vaste et riche, l'Italie aurait dû s'approprier la Tunisie. Or, les Français exigèrent que la Tunisie leur revienne et les Italiens durent se contenter de la Libye dont personne ne soupçonnait la richesse en pétrole. Mussolini voulait profiter de l'opportunité du moment pour corriger cette décision.

De nombreuses possibilités

C'était passionnant de voir le nombre d'objectifs que le Duce s'était fixés ainsi que le nombre de victoires qu'il voulait remporter dans autant de régions. Hitler parvint à l'empêcher d'attaquer les Suisses, desquels il voulait récupérer le Tessin, Locarno, Lugano, Chiasso et Bellinzone.

Échec

L'action belligérante de Benito s'est révélée être un pur échec. Même la France vaincue était supérieure en nombre par rapport aux troupes du Duce. Et lorsque les troupes anglaises s'opposèrent aux Italiens en Tunisie, Mussolini dut accepter l'aide des Allemands en urgence. Menée par le général Rommel, le renard du désert, cette assistance conduit, dans un premier temps, à un succès.

Mare nostrum

Cependant, il ne pouvait s'en tenir là. L'Adriatique devait devenir une mer purement italienne, une « Mare nostrum ». Ce nom lui fut donné par l'Empereur Hadrien, sous le règne duquel l'Empire romain connut sa plus grande expansion.

Promesse

En outre, Churchill avait promis au Duce de lui donner l'ensemble des villes côtières de la Dalmatie s'il parvenait à mettre en guerre l'Italie neutre contre la monarchie des Habsbourg et l'empereur à Vienne. Le Duce réussit, mais au prix de nombreuses victimes italiennes dans la bataille d'Isonzo et dans les combats des chasseurs alpins au col Pordoi.

Promesse rompue

Churchill rompit sa promesse car il fut contraint de céder toute la côte au roi de Serbie. Si l'organisation secrète de ce dernier, « La Main noire », n'avait pas soutenu financièrement ni fourni d'armes aux terroristes, Gavrilo Princip n'aurait jamais pu assassiner le successeur du trône et sa femme le 28 juin 1914 à Sarajevo. Ce fut le signal de départ de cette Première Guerre mondiale glorieuse que Churchill avait appelé de ses vœux depuis tant d'années. Voilà pourquoi le roi de Serbie devait être récompensé.

Le Duce devait donc se contenter des îles grecques, Santorin, Rhodes et des droits d'occupation à l'ouest de la Turquie. Il reçut tout de même le Tyrol du sud, magnifique région où ne vivait à l'époque aucun Italien.

L'Albanie

Benito n'osa pas attaquer la Yougoslavie, mais le petit État qu'est l'Albanie tomba en un rien de temps entre ses mains. Puis, il voulut conquérir la Grèce qui, dans l'Antiquité, avait appartenu à l'Empire romain. Sa grossière erreur sur la puissance militaire de ce pays entraîna sa lourde défaite face au président Metaxas. Aujourd'hui encore, les Grecs fêtent ce triomphe en célébrant le Jour du Non. Metaxas appartenait d'ailleurs à la famille qui fabrique le célèbre cognac.

L'offre

Churchill avait immédiatement proposé au président grec son aide dans le combat qui l'opposait au Duce. Le chef d'État refusa gentiment, car cela n'était plus nécessaire. Les troupes italiennes s'étaient retirées. Malgré tout, Churchill ordonna aux troupes anglaises d'atterrir à Thessalonique, car il voulait y faire construire une base militaire pour bombarder les champs pétrolifères de Roumanie. Ces gisements étaient les seuls auxquels Hitler avait accès pour alimenter ses véhicules militaires en carburant.

Une méprise embarrassante

Cependant, Metaxas n'était pas d'accord. La Grèce devait rester neutre et en aucun cas se mêler à cette guerre. Or, son médecin personnel, qui était Britannique, commit une erreur fâcheuse. Il administra à son patient du cyanure à la place de son médicament.

Certains supposent que cette méprise n'était pas tout à fait sans rapport avec l'appel téléphonique que Churchill lui avait passé.

Koryzís

Aléxandros Koryzís devint son successeur. Il rejeta la demande d'Hitler du 6 avril 1941 d'expulser les Britanniques du pays. En guise de réponse, les troupes allemandes envahirent la Grèce dix jours plus tard, car Hitler refusait d'accepter que les Anglais aient une base militaire qui puisse torpiller son approvisionnement en pétrole.

Cette réaction rapide est étonnante car la Grèce n'est pas frontalière du territoire allemand. Les troupes devaient d'abord traverser la Yougoslavie, qui n'était pas du côté d'Hitler, et la conquérir au passage, le tout mené depuis la Bulgarie.

Suicide

Le 18 avril 1941, Koryzís ne vit d'autre solution que de se donner la mort. Son successeur, Emmanouil Tsouderos, fut contraint de fuir en Crète deux jours après sa prise de fonction. Lorsque des parachutistes allemands atterrirent sur l'île le 2 juin 1941, là où les Anglais fuyaient également, il partit en Grande-Bretagne en passant par l'Égypte.

Mémorandum

Les dommages de guerre causés par les Anglais lors de leur arrivée à Thessalonique, puis en Crète, devaient être compensés par des réparations. Lors d'un mémorandum entre Tsouderos et l'ambassadeur anglais, il fut conclu qu'après la guerre, Chypre devait revenir à la Grèce en signe de dédommagement. Cependant, une fois la guerre terminée, il n'en fut plus question.

Chanceux

Le largage des Anglais à Thessalonique fut un désastre. Sans avoir rien obtenu militairement, des milliers de personnes moururent de la malaria. L'arrivée des Britanniques en Crète et leur expulsion par les parachutistes a été comparée à l'échec de Churchill à Gallipoli pendant la Première Guerre mondiale.

La question de savoir s'il devait démissionner s'était posée. Malgré toutes ses mauvaises décisions (et il y en avait beaucoup), il se trouvait toujours, dès le départ, du côté des vainqueurs. Du côté des vainqueurs, c'est-à-dire des richards.

Aventure personnelle

En plus de ces événements en Crète, je voulais moi aussi raconter un souvenir personnel. Monsieur Vater, un professeur de musique, client de notre magasin, m'enseignait la flûte à bec. Les cours particuliers avaient lieu chez lui, en compagnie de sa fille qui avait le même âge que moi, avant même que nous soyons en âge d'aller à l'école. Un jour, il se précipita dans le magasin, la mine joyeuse, en s'exclamant : « Nos parachutistes ont atterri en Crète. » Ce moment est resté gravé dans ma mémoire car il fut suivi de la nouvelle, incompréhensible, que monsieur Vater était allé en prison pour avoir diffusé cette heureuse information. Dans un premier temps, Hitler n'avait pas communiqué cette annonce concernant le largage, car il avait été extrêmement sanglant. Monsieur Vater avait donc écouté Radio London en catimini, ce qui était formellement interdit. Cependant, comme il était un membre fidèle du parti, il fut libéré à peine trois jours plus tard.

Ajournement

Antonio voulait à son tour raconter la façon dont s'était déroulée la reconquête de l'Italie après le débarquement en Sicile. Seulement, il était tard et il conclut cette partie en nous promettant de nous inviter dans son restaurant, où il pourrait se rattraper.

Pour le lendemain, il était prévu que nous nous revoyions chez Douglas au West end, dans la Temple Street. Il remercia Cynthia, la maîtresse de maison, et reconnut que seules les femmes étaient capables d'organiser une soirée copieuse comme celle-ci, avec un grand banquet, mais que lui aussi avait prévu un souper de minuit chez lui, où musique et chant seraient bien évidemment au rendez-vous.

Cinquième jour (5)

Suite à la longue soirée de Cynthia, nous fîmes la grasse matinée. Au lieu du petit-déjeuner et du déjeuner, nous prîmes un brunch et nous nous retrouvâmes seulement l'après-midi devant la cathédrale Saint Paul.
Houston m'attendait devant l'entrée.

Saint Paul (5.1)

Cette imposante cathédrale est presque aussi grande que la basilique Saint-Pierre à Rome. Elle fut construite en 1666 à la place de l'ancienne cathédrale détruite par un grand incendie. En 1806 y eurent lieu les obsèques nationales de Lord Nelson, le vainqueur de Trafalgar, qui, du haut d'une grande colonne à Trafalgar Square, couvre la ville de Londres de son regard.

C'est à cet endroit qu'eut lieu, en 1981, le mariage de Diana et de Charles, suivi par le monde entier. La coupole fait trois cent soixante-cinq pieds de haut, un par jour de l'année, soit 111 mètres. Les plus sportifs peuvent monter les cinq cent vingt-huit marches et admirer toute la ville depuis la couronne. La vue d'en bas sur la voûte est grandiose et paraît encore plus impressionnante avec des verres grossissants, lorsque l'on parvient à reconnaître tous les détails. La galerie des chuchotements, la « Whispering Gallery », donne lieu à de nombreuses anecdotes. Les raisons de sa construction restent un mystère.

Crypte

Sous la cathédrale se trouve la crypte, où reposent d'innombrables tombeaux. On y trouve naturellement Lord Nelson, tout comme William Turner, son grand peintre, le musicien Sullivan, et Fleming, celui qui découvrit la pénicilline. Seul un mémorial a été installé pour Churchill, qui n'est pas enterré là. Florence Nightingale, quant à elle, a aussi son mémorial. Elle est la première à s'être occupée des soldats blessés sur les champs de bataille lors de la guerre de Crimée.

Amiral David Beatty

Houston attira particulièrement mon attention sur sa sépulture. Il avait participé à la bataille de Khartoum, au Soudan, et pris part à la seconde guerre de l'opium. Il fut secrétaire de Churchill, amiral de la Royal Navy et combattit lors de la révolte des Boxers en Chine. En 1914, il fut présent à la bataille de Helgoland, en 1915 au Dogger Bank. En 1916, il commanda la flotte britannique lors de la bataille maritime de Skagerrak où il déclara : « J'ai l'impression que quelque chose ne va pas avec nos satanés bateaux. » Par la suite, il aurait donné à nouveau l'ordre suivant : « N'oubliez pas que l'ennemi n'est qu'une bête féroce. » Il avait la même façon de parler que son ancien chef Churchill.

Réflexion

Churchill avait toujours dit que les Allemands, qu'il appelait les Huns, n'étaient pas des êtres humains, mais des bêtes féroces ; et c'est ce qu'on leur martela après 1945 en conséquence de la persécution des juifs. Le fait que Beatty le sache déjà à l'époque impériale est un mystère qui ne se résout pas aussi facilement. Lors de la bataille du Jutland, dirigée par Beatty, la plus grande flotte du monde – celle de l'Empire britannique – fut battue par les Allemands qui coulèrent la plupart de leurs bateaux. Plus de six mille marins y trouvèrent la mort. Berlin enregistra également de lourdes pertes, notamment près de deux mille morts. Or, la presse britannique fit passer cette défaite pour une grande victoire.

Comment cette bataille se serait-elle passée si Churchill avait encore été le commandant en chef ? Suite à la catastrophe de Gallipoli, il fut contraint de démissionner et Beatty devint son successeur. Je suppose que cela aurait été encore plus désastreux pour les Britanniques.

Le tombeau de Wren

La tombe de l'architecte est également présente dans la crypte. Une grande dalle de marbre polie, sans fioritures. Comme sur tous les sites historiques, se trouvaient ici aussi une enseignante et ses petits élèves. Certains étaient assis sur la dalle funéraire sans la moindre gêne, d'autres par terre, juste devant, et le reste se tenait debout. La maîtresse leur montrait sur un grand tableau la cathédrale telle qu'elle était avant le grand incendie. Les petits Londoniens découvrent l'histoire de leur ville et de leur pays de manière très concrète, et ce dès le primaire.

La Cité de Londres (5.2)

Après la visite, et comme il faisait doux, nous fîmes une promenade dans la Cité de Londres. Nous passâmes par Ludgate Hill après avoir fait un détour par Old Bailey pour accéder à la Fleet Street, la rue des journaux. Houston me raconta qu'il avait déjà publié des satires dans la rubrique culturelle de certains journaux. Bien entendu, nous fîmes quelques haltes dans de vieux pubs pour y boire une bière.

Ye Olde Cock Tavern

De leur temps, Tennyson et Samuel Pepys fréquentaient ce pub chaleureux. Houston m'y raconta une petite plaisanterie. Comme nous le savons, Churchill n'était pas ravi du fait que les trois zones d'occupation de l'Allemagne se soient unies pour former la république fédérale. Il voulait que le pays reste divisé. Et quand la Bundeswehr fut fondée, alors que Churchill s'était juré que plus aucun Allemand ne tiendrait une arme entre ses mains, sa rage atteignit des proportions vertigineuses. Comme il était président, il dut bon gré mal gré recevoir le chancelier allemand, monsieur Adenauer. La première rencontre fut extrêmement glaciale. La deuxième en revanche – il s'en était accommodé – se passa presque sereinement.

Adenauer

« Pourquoi me soucierais-je des idioties que j'ai dites hier ? » Le bon mot d'Adenauer plaisait même à Churchill, qui avait alors commenté : « Cela pourrait venir de moi. » Et Adenauer de répondre qu'entre-temps, la « nouvelle Allemagne » s'était adaptée aux us et coutumes de la démocratie anglaise.

Lorsqu'un poste d'État important était à pourvoir, ce n'était plus un membre du parti qui l'obtenait. L'offre était publiée pour recruter celui qui serait le plus compétent. De cette manière, un poste haut placé au gouvernement de Bonn fut donc annoncé et, parmi les nombreux candidats, trois furent retenus : un instituteur, un commerçant et un juif.

Le plus compétent

On posa la question suivante aux trois candidats : combien font 2 + 2 ? L'instituteur répondit le premier avec entrain : « Mais c'est facile. Cela fait 4. » Le commerçant, lui, rétorqua : « Ce n'est pas si simple que cela, mais cela fait autour de 4. » Enfin, le juif déclara : « Bien sûr que c'est facile. À l'achat, cela fait 3, et à la vente, cela fait 5. » Qui obtint donc le poste ?

Adenauer annonça : « Après mûre réflexion, j'ai pris la décision d'attribuer le poste à un cousin de ma femme. »

Churchill a ri et lui a dit : « Je vois que l'Allemagne est bien partie pour devenir une véritable démocratie à l'anglaise. »

Cheshire Cheese

Après quelques pas, nous eûmes encore soif et nous nous rendîmes au « Cheshire Cheese », où on trouve du véritable fromage de chèvre anglais. C'était le pub habituel de Dickens et de Charleston. Certains connaissent certainement le père Brown ou les nouvelles d'Everlasting Man. Houston voulait me raconter une histoire de jeunesse de Roosevelt qui lui est arrivée à Bad Nauheim, là où ses parents avaient fait une cure. Il la garda cependant pour plus tard. Pour lui, ce président était totalement inculte et ignorant, tel Adam devant le péché originel.

Quand il s'agissait d'argent, il avait d'excellentes idées. Lorsqu'il devint président en 1932, il publia une loi qui interdisait aux rentiers de posséder de l'or. Ceux qui ne vendaient pas leur or à une banque contre des dollars en papier encouraient une peine de prison allant jusqu'à dix ans. Lorsque 4,5 milliards (billions en américain) furent livrés, il supposa qu'à présent presque tout avait été rassemblé et le prix de l'or augmenta alors de cent pour cent. Les banques avaient donc reçu 4,5 milliards d'un seul coup.

En réalité, il faudrait plutôt dire les propriétaires des banques. Le plus grand établissement de New York, Chase Manhattan, appartenait à Rockefeller, tandis que le baron de Rothschild en possédait plusieurs. On suppose qu'ils se sont montrés reconnaissants auprès de Roosevelt pour cette faveur.

Temple Bar Memorial

Au bout de la Fleet Street se trouve ce mémorial, planté au milieu de la rue, qui indique la fin de la Cité de Londres. Après ce mémorial, la Fleet Street s'appelle « plage » et dépend de Westminster. Dans les environs, on trouve des bâtiments intéressants. Nous les regardâmes tous les uns après les autres, comme par exemple le Temple Church, fondé en 1185 par les templiers selon le modèle de l'Église du Saint-Sépulcre à Jérusalem.

Middle Temple Hall

C'est là que fut jouée, en 1602, *La Nuit des Rois*, de Shakespeare. Tous ces bâtiments se trouvent sur un espace vert, un peu comme un parc, qui s'étend jusqu'à la Tamise. C'est un havre de paix avec de nombreux bancs pour se reposer. Nous nous y assîmes et contemplâmes les bateaux éclairés qui passaient devant nous, car il faisait déjà sombre. L'allée qui menait à Temple Avenue, là où Douglas habitait, nous permit de faire une agréable petite promenade de quelques pas.

Temple Avenue (5.3)

Chez Douglas et Lizzy

On nous attendait. Lizzy jouait du piano. Comme nous le découvrîmes, elle était non seulement chanteuse, mais aussi une excellente pianiste. Elle avait une préférence pour le jazz. Charles et Cynthia se tenaient à côté d'elle et écoutaient avec enthousiasme.

Le grand salon

Je fus étonné par l'appartement aménagé de façon princière. Douglas avait toujours fait preuve de fausse modestie. Il aimait bien jouer au bohème fauché. En réalité, il faisait même partie de la haute bourgeoisie, chose que j'appris seulement ce jour-là.

Surprise

Il nous avait préparé une grande surprise. Il voulait nous montrer sur un écran géant un vieux court métrage qui avait été primé aux Oscars en 1933. C'est pourquoi il avait regroupé toutes nos chaises en demi-cercle autour de l'écran.

Pride of London

Douglas voulait ouvrir la soirée en peu de mots. Mais avant d'allumer l'appareil, nous trinquâmes avec la meilleure bière anglaise, brassée et vendue uniquement à Londres : la Pride of London.

Les Allemands sont réputés être les plus gros buveurs de bière, mais ils sont en réalité dépassés, de loin, par les Britanniques. Leur *beer* et leur *ale*, qui coulent dans la gorge comme de l'huile, ne connaissent pas la concurrence. Aujourd'hui encore, de nombreux Anglais brassent eux-mêmes leur propre bière chez eux, dans des seaux.

Annonce

Les dames aussi trinquèrent. Douglas annonça qu'il avait choisi cette bière en particulier car lui et Lizzy allaient chanter la *Pride of London* de Noel Coward pour ouvrir la deuxième partie de la soirée, une chanson devenue presque nationale.

Court métrage

Sans aucune introduction, il alluma le téléviseur et mit le DVD de ce film primé en 1933 après que nous nous fûmes confortablement assis. Ce court-métrage montrait le premier survol de l'Everest avec deux Westland Wallace.

Les débuts de l'aviation (5.4)

L'un des deux pilotes était son grand-oncle, Douglas Douglas-Hamilton, quatorzième duc d'Hamilton. À l'époque, voler était encore un travail de pionnier. Dans le deuxième avion se trouvaient son ami et son camarade. Derrière-eux, leurs photographes. Le grand défi de ce vol, c'était l'énorme altitude, plus de 8 848 mètres au-dessus du niveau de la mer, ce qui équivaut à peu près à l'altitude que nécessitent les avions de ligne pour traverser les continents.

Pannes

Le premier vol, qui se déroula le 3 avril 1933, fut catastrophique. À cause du froid extrême à cette altitude, moins quarante degrés, l'essence gela. L'air manquait et, par ce froid, les masques à oxygène ne fonctionnaient pas. Les quatre acolytes manquèrent de s'asphyxier. Les caméras étaient elles aussi bloquées et l'ensemble du matériel photographique fut inutilisable.

Interdiction

Certes, les quatre hommes avaient survolé l'Everest, mais sans avoir pu prendre une seule photo. À Londres, le gouvernement interdit la reprise du vol car jugé trop dangereux.

Bricolage

Malgré cela, les quatre compagnons ne se laissèrent pas intimider. Ils bricolèrent eux-mêmes des masques à oxygène et des caméras. En ces débuts, un pilote devait pouvoir mettre la main à la pâte tout seul. Et malgré l'interdiction, ils firent un deuxième essai le 19 avril 1933, qui s'avéra un franc succès.

Des images extrêmement nettes

Cette fois-ci, le rendement photographique était impressionnant. Pour la première fois, on put voir le plus haut sommet de près, alors qu'il n'avait encore jamais été vu par un homme. La première ascension du mont Everest, accomplie plus tard par Hillary et Tensing, son sherpa, n'aurait pas été possible sans ces photos.

Charles Lindbergh

Après ce court métrage, il s'ensuivit une discussion générale. Tous étaient d'accord pour dire que la période des prémisses de l'aviation était toujours aussi palpitante et intéressante aujourd'hui. Lizzy ajouta que l'un de leurs compatriotes avait résolu pour la première fois le problème des vols long-courrier en traversant seul l'Atlantique et rappela que tous ces pionniers avaient mis leur vie en jeu.

International

Ces pionniers avaient maintenu le contact au-delà des frontières nationales. Lindbergh connaissait personnellement Édouard VIII qui, de son côté, était un fanatique d'aviation. Lors de son investiture après la mort de son père, Édouard s'envola de Sandhurst à Londres : un événement exceptionnel dans la famille royale britannique.

Vol de nuit

Cynthia nous rappela qu'à l'époque, le problème du vol de nuit devait également être résolu. Saint-Exupéry, l'un de ses auteurs préférés, fut le premier à effectuer des travaux dans ce domaine. Elle évoqua son célèbre roman, *Vol de nuit*. Le personnage principal voulait contribuer à la mise en place d'un service postal régulier entre Santiago du Chili et l'Argentine. Les hautes montagnes des Andes constituaient un obstacle supplémentaire. Il devait souvent réparer son avion abîmé ; c'était devenu une expérience presque quotidienne pour lui. Lorsqu'il atterrit seul dans le désert, sans aucune aide alentours, il se retrouva livré à ses propres connaissances techniques. À cette occasion, il fit des rencontres, comme celles du Petit Prince, qui l'aidèrent à surmonter la détresse.

Les passe-temps de la haute société

Le plus jeune frère du roi, George, premier duc de Kent, était également un excellent aviateur. Lors des interventions de guerre, il pilotait aussi d'assez grands avions. C'était le meilleur ami de mon grand-oncle. Il s'était même construit une piste d'atterrissage au vieux château de chasse de sa famille, en Écosse, à Dungavel Castle. Son ami royal y atterrissait souvent le week-end pour se mesurer à lui dans des courses d'avion.

On dit aussi que Hess aurait atterri sur cette piste le 10 mai 1941.

George, premier duc de Kent

C'était le quatrième fils de George V et de la reine Mary, la très jolie et élégante Mary de Teck – elle était considérée comme la plus belle femme d'Europe – et son fils était un très beau jeune homme, sportif. Pour les uns, il était le chouchou de tous – comme le rouquin Harry aujourd'hui –, pour les autres, c'était « l'enfant terrible » de la famille royale. Benjamin de la famille, il épousa une noble étrangère, Marina de Grèce et de Danemark. Le mariage fut fêté en grandes pompes. Tous les mariages princiers qui suivirent furent organisés avec des nobles ou des bourgeois britanniques.

Florence Mills

Avant le mariage, il eut de nombreuses liaisons avec des danseuses, des actrices et des chanteuses. Il vécut une passion particulièrement forte avec la reine du jazz, Florence Mills. Elle est considérée comme la première grande star noire. Au début de la soirée, Lizzy avait joué au piano la chanson de sa célèbre comédie musicale *Black Birds*.

Edythe Baker

Yes Sir, that's my baby,
You are my heart's delight,
Where is that rainbow,
Dancing till dawn

Une autre amante du prince.

Noel Coward

Même du temps où il était marié, il eut des relations avec d'autres femmes et – sacrilège ! – avec le brillant Noel Coward. Il était bisexuel.

Lorsqu'on avait encouragé la célèbre actrice Inge Meysel à faire son coming out, elle avait dit sur un ton tout à fait berlinois : « Je suis bisexuelle. J'ai donc le choix le plus large possible. » Visiblement, c'était aussi valable pour le premier duc de Kent.

Champagne

Puis, Douglas passa à la deuxième partie de la soirée. Si pour commencer, nous avions discuté des débuts de l'aviation, le thème suivant devait concerner le vol de Hess. Ce vol est l'un des événements les plus étranges et les plus mystérieux de la Seconde Guerre mondiale. Mais avant cela, nous cessâmes de boire notre bière et Lizzy fit amener les bouteilles de champagne. Le personnel, qui se tenait jusqu'alors dans un coin, nous apporta flûtes et bouteilles que l'on déboucha dans un éclatement tonitruant. Après les « prosit », « cheers » et autres « à votre santé », Douglas voulut chanter la célèbre chanson des résistants londoniens de Noel Coward, *Pride of London*. Ce dernier l'avait écrite et mise en musique après le bombardement le plus terrible que vécut Londres, le 10 mai 1941. Cinq cents avions avaient largué leurs bombes sur la ville et causé d'énormes dégâts. À défaut d'orchestre, Lizzy l'accompagna au piano.

Paroles

London Pride has been handed down to us.
London Pride is a flower that's free.
London Pride means our own dear town to us,
And our pride it for ever will be.

Il s'agit d'une déclaration d'amour à sa chère ville de Londres.

Cockney feet mark the beat of history.
Every street pins a memory down.
Nothing ever can quite replace
The grace of London Town.

Il évoque la portée historique de la ville.

Every Blitz your resistance toughening,
From the Ritz to the Anchor and Crown,
Nothing ever could override
The pride of London Town.

Toutes les attaques renforcent la résistance et rien ne renversera jamais Londres.

Mélodie

Les mélomanes découvriront beaucoup de choses dans la mélodie de la chanson. Pour la composer, Coward se serait inspiré de séquences de *God save the King*, de *Land of hope and glory*, et même de *Deutschland Deutschland über alles*.

Réécritures

Après les terribles attentats terroristes récents, de nombreuses réécritures mettent en avant le souhait de résistance des Londoniens dans ce nouveau contexte.

Justification de la transition

Douglas nous expliqua qu'il avait choisi cette chanson pour passer à la deuxième thématique de la soirée car Hess avait effectué son vol mystérieux un 10 mai, soit le même jour que la grande attaque de Londres.

Augsbourg

Pour son long trajet jusqu'en Écosse, Hess dût faire subir à son avion de tourisme une réadaptation complète à l'usine Messerschmitt. La contenance en kérosène du réservoir était largement insuffisante pour parcourir une telle distance. À la place du siège du co-pilote et de celui du passager, des citernes furent installées pour assurer le stock nécessaire à l'aller. Au retour, il n'avait qu'à faire le plein.

Le départ

Comme convenu, avant le décollage, Hess confia à un messager une lettre adressée à Hitler dans laquelle il lui disait qu'il était prêt et qu'il allait monter dans l'avion.

Le vol

Il descendit le Rhin jusqu'à Rotterdam, puis passa au-dessus de la Manche. Pour éviter d'être repéré par les radars, il vola à basse altitude. Cependant, l'attaque menée par cinq cents avions commença au même moment à Londres, et la défense aérienne britannique était occupée à la contrer. Par conséquent, voler au sud de l'Angleterre ne représenta pas un réel danger pour Hess.

Plan

La difficulté s'accentua lorsqu'il s'approcha de plus en plus de la piste d'atterrissage prévue, à Dungavel Castle en Écosse, car Churchill avait été mis au courant par ses services secrets. Il connaissait également son objectif : le destituer afin de permettre à Hess d'entrer au parlement britannique en tant que représentant mandaté du Führer – Hess parlait parfaitement anglais – et négocier avec les parlementaires un traité de paix entre le Grande-Bretagne et l'Allemagne.

Churchill ne représentait en effet pas les intérêts anglais ; il ne suivait que les ordres de la haute finance américaine. Plus exactement, son client, le baron de Rothschild, était le numéro un non seulement en Angleterre, mais aussi en Amérique. Avec l'arrivée de Hess, ce parti devait être dissout.

Raid 42

Afin de contrer le plan d'Hitler, Churchill voulait tout simplement faire abattre l'avion de Hess. Ainsi, l'affaire aurait été résolue. Sous le nom de Raid 42, trois Spitfire et un chasseur de nuit prirent en chasse le pilote audacieux. On les avait prévenus qu'un petit avion allemand atterrirait à Dungavel Castle et qu'il devait à tout prix être abattu.

Informateur

À titre préventif, Churchill avait également infiltré l'un de ses informateurs dans la kyrielle d'hommes politiques hauts placés qui s'étaient rassemblés autour de Douglas Hamilton à Dungavel Castle. Si l'abattage de l'avion Messerschmitt de Hess venait à échouer, il y avait toujours une possibilité de déjouer son plan.

Performance exceptionnelle

Et en effet, le plan A échoua. Hess réussit à échapper à tous ses poursuivants bien qu'il n'eut aucun contact radio, et ce dans une région qu'il ne connaissait pas du tout. Il finit par trouver sa destination finale, alors même que son avion n'était pas adapté pour les vols de nuit.

Torches

La piste d'atterrissage était délimitée par des torches pour que Hess puisse atterrir en toute sécurité. Tous se tenaient sur le terrain d'aviation au-dessus duquel l'avion, qui tournait en rond, envoyait les premiers contacts radio pour signaler qu'il était prêt à atterrir.

Alfred Horn

Le mot de passe qui autorisait l'atterrissage était Alfred Horn. C'est sous ce nom que Hess se présenta. Churchill comprit que c'était avec son informateur que le représentant allemand devait établir le contact radio. L'informateur agit donc conformément aux ordres de son patron. Au lieu d'autoriser l'atterrissage, il cria : « Vite, éteignez les torches ! Nous sommes découverts. »

Perplexe

Ne sachant pas ce qu'il s'était passé, Hess tourna en rond un bon moment au-dessus de Dungavel Castle, jusqu'à ce que le kérosène vienne à manquer. Comme l'obscurité de la nuit l'empêchait de trouver un endroit sûr où se poser, il décida de sauter en parachute et de laisser son avion s'écraser.

Premier saut en parachute

Hess ne s'était jamais entraîné à sauter en parachute. C'était sa première fois. Un saut dans l'inconnu. Il ne voyait pas ce qu'il y avait en dessous, s'il allait atterrir dans un arbre ou sur un toit. Il faisait nuit noire. Il atterrit de manière particulièrement brutale et se cassa une jambe.

Capture

Les troupes que Churchill avait fait stationner tout autour de Dungavel Castle, les Home Guards, capturèrent Hess. Cette information fut immédiatement transmise à Churchill.

Oxford

Churchill se trouvait à Oxford. Il voulait attendre de savoir comment s'était déroulé le vol du représentant. En outre, il y était en sécurité, car il apprit également la grande attaque qui se déroulait au même moment à Londres.

Satisfaction

Il se frottait les mains de plaisir. Certes, Hess n'était pas mort comme prévu et cela pouvait entraîner encore quelques désagréments. Mais quoi qu'il en soit, il était son prisonnier. Il se réappuya contre son dossier, satisfait, et déclara qu'il voulait voir la fin du film qu'il était en train de regarder. Il s'agissait certainement de *Casablanca*, avec Ingrid Bergmann. Il s'occuperait de cette affaire le lendemain matin.

Casablanca

Casablanca est un film de propagande habilement réalisé. Il est, aujourd'hui encore, culte. Cette ville du Maroc était à l'époque sous administration française du régime de Vichy. C'est la raison pour laquelle le film a été tourné exclusivement à Hollywood. Le célèbre café de Casablanca n'existait pas. Entre-temps, il a été reproduit à l'identique pour que les touristes curieux puissent le visiter.

La fuite (5.7)

Une fois que Douglas eut fini de nous raconter de façon captivante les tenants et les aboutissants de ce vol, nous étions tous curieux de savoir d'où venait la fuite qui avait permis aux services secrets anglais de prendre connaissance de ces plans et de les déjouer.

Mais avant, nous dûmes nous resservir en champagne et avaler, d'une puissante gorgée, l'effroi que nous avait insufflé cette histoire.

Préambule

Douglas commença par nous expliquer qu'il devait revenir un peu en arrière. Tout commence en 1936, à l'occasion des Jeux olympiques de Berlin. Officiellement, cette organisation devait être boycottée. Seuls quelques politiques anglais de haut rang, férus de sport, s'étaient opposés à cette disposition en s'y rendant malgré tout. C'est ce que firent également certains athlètes anglais. Finalement, l'annulation de la participation de l'ensemble de l'équipe n'eut pas lieu.

Honneurs

C'est la raison pour laquelle Hitler et ses grands responsables avaient traité et courtisé ces quelques politiques de haut rang avec honneur. Il est inutile de préciser que Churchill ne s'était bien évidemment pas rendu à ces jeux.

Autour du Zugspitze

Hess s'intéressait particulièrement à mon grand-oncle, le quatorzième duc de Hamilton, dont il savait qu'il était le principal pilote lors du premier vol au-dessus de l'Everest. Hess était un excellent aviateur. Il avait remporté deux fois un prix dans le cadre de la compétition du sommet du Zugspitze : la deuxième, puis même la première place. C'est sur cette base que les deux hommes purent entretenir des relations amicales, d'autant plus qu'ils n'avaient aucune difficulté à se comprendre. Hess parlait parfaitement l'anglais ainsi que le français, tandis que mon grand-oncle parlait passablement l'allemand.

Apaisement

Le jour où Neville Chamberlain – qui avait conclu les accords de Munich et qui s'était déclaré prêt à mettre fin à la guerre après le putsch organisé par les généraux réunis autour de Canaris – fut soudainement pris de crampes d'estomac, alors qu'il était en parfaite santé, et qu'il apprit par son médecin personnel qu'il allait mourir six mois plus tard d'un cancer en phase terminale, Hitler dut chercher de nouveaux partisans de la paix au sein du gouvernement anglais. Il ne fallait pas que le « swashbuckler », bagarreur pathologique depuis toujours, conserve l'avantage en tant que tyran unique.

Halifax

Hitler ne connaissait qu'une seule personne avec laquelle une conversation raisonnable lui semblait possible : Halifax. Il l'avait invité au Berghof juste avant le début de la guerre et ce dernier lui avait fait très grande impression. Il était alors ministre des Affaires étrangères et Hitler le considérait comme l'homme politique anglais le plus compétent.

Film amateur

Il existe même des enregistrements vidéo de cet entretien. Ils ont été réalisés par Eva Braun. Officiellement, elle était l'assistante de Hoffmann, le photographe attitré d'Hitler, et n'était rien d'autre aux yeux des invités de marque lorsqu'elle filmait. La bande son manque cependant.

Lire sur les lèvres

L'enregistrement a été effectué en juillet-août 1939, c'est-à-dire quelques semaines avant le début de la guerre avec la Pologne à Dantzig. L'entretien fut mené en allemand. Halifax, qui était l'un des quelques « initiés » et avait pris part aux préparations de guerre de Roosevelt, confia à Hitler à quel point l'industrie de guerre américaine avait évolué entre-temps. Hitler était horrifié. Il était impossible de contrer un tel potentiel d'armement. D'autant plus que tout devait être prêt au plus tard en 1942.

Ces informations nous sont connues seulement depuis début 2017. Des experts sont parvenus à lire sur les lèvres d'Hitler et d'Halifax. Le but que poursuivait Halifax en donnant cette information n'est pas tout à fait clair ; peut-être qu'Halifax voulait dissuader Hitler de déclencher la guerre contre la Pologne. Toutefois, cela n'aurait rien changé au fait que les élites du gouvernement américain voulaient débuter la guerre contre l'Allemagne au plus tard en 1942, guerre à laquelle ils se préparaient depuis 1932. On parle de la « règle des dix ans », qui est le temps nécessaire pour constituer un armement de cette ampleur.

La proposition de Hess

Le représentant d'Hitler, un ministre sans ministère – une construction unique – qui avait le pouvoir de signer des traités et dont la signature avait la même valeur que celle du Führer, se rappela de l'excellent accord conclu avec Lord Douglas-Hamilton, le grand pionnier de l'aviation et l'une des personnalités les plus influentes de la politique anglaise.

Il connaissait également l'amitié que ce dernier entretenait avec le roi Édouard VIII, lui aussi féru d'aviation, qui fut contraint d'abdiquer en raison de sa sympathie envers l'Allemagne. Lord Douglas-Hamilton était en outre un bon ami du plus jeune frère du roi, George, duc de Kent, lui aussi aviateur passionné. Hess avait également connaissance de la haine que vouait l'homme politique à Churchill qui, selon lui, était un homme de main de la haute finance américaine aux côtés de Baruch et qui ruinait l'Empire britannique.

Haushofer

Hess connaissait quelqu'un qui pouvait établir le contact avec Douglas-Hamilton. Il s'agissait de son secrétaire, Haushofer Junior, dont le père, le professeur Haushofer, avait des relations dans toutes les capitales du monde. Il enseignait à l'université de Munich et y avait introduit une nouvelle matière : la géopolitique.

Burckhardt

Il fut directeur de la Croix-Rouge suisse. Grâce à son rang, il put nouer, même en temps de guerre, des contacts dans les pays belligérants. Comme il était un ami de longue date de Haushofer père, il était prêt à mettre en contact Hess et Douglas-Hamilton.

Les collaborateurs des services secrets

Ce que Hess et Haushofer ignoraient, c'est qu'un service de secours tel que la Croix-Rouge devait souvent coopérer avec les services secrets des pays concernés. C'est ainsi que l'ensemble de leurs échanges d'informations s'était retrouvé tout d'abord chez les services secrets. Churchill, qui était le chef des services secrets, reconnut immédiatement qu'il s'agissait de sa propre destitution. Il détacha le département des services secrets correspondant, qui ne dépendit alors plus que de lui, pour en installer le QG dans son jardin privé à Chartwell. Il décida des informations qui devaient être transmises à l'ensemble des services secrets, auxquelles les « conspirateurs » avaient également accès. Ainsi, la trahison des « putschistes » passa inaperçue.

Mauvaises théories

Lorsque l'on apprit que le plan de Hess avait été révélé, l'Allemagne trouva tout de suite une explication. Le secrétaire de Hess était juif (sa mère l'était). On le tint pour responsable d'avoir informé Churchill du plan et c'est pourquoi il fut immédiatement arrêté.

Permis de travail

Hess savait que son secrétaire était juif, mais il avait pleinement confiance en lui. Il s'était même donné du mal pour lui obtenir un permis de travail chez lui. Même son père était exclu de tout soupçon. Hess avait étudié chez lui. Il était même son élève préféré et avait entretenu avec lui une amitié perpétuelle. La suspicion du jeune Haushofer n'était certainement pas justifiée.

Problème

Mais il y avait encore un problème. Nul ne devait savoir qu'un projet fomenté par Hitler avait échoué. Cela ne collait pas à l'image du Führer. Il devait être irréprochable aux yeux du peuple. C'est pourquoi il fut annoncé qu'il ne savait rien des intentions de son représentant. Hitler avait même dit que ce dernier avait agi sous l'impulsion d'un pacifisme exacerbé et sans l'en avoir tenu informé. On justifia l'emprisonnement de Haushofer fils par le fait qu'il n'avait pas révélé le projet de son chef à Hitler.

La presse anglaise (5.8)

Churchill communiqua à la presse qu'il y avait eu une lutte de pouvoir à Berlin, que Hess avait eu peur pour sa vie et que c'était la raison pour laquelle il avait fui en Angleterre pour y trouver refuge.

« Une perruche marron s'est envolée » annonçait la une d'un autre journal.

Un troisième quotidien titrait : « Le représentant du Führer a perdu la raison »

Interrogatoires

Toutes les personnes qui se trouvaient à Dungavel Castle au moment de l'atterrissage planifié furent bien évidemment interrogées. À commencer par le duc lui-même, le maître des lieux, qui avait invité de nombreuses personnes. D'ailleurs, Dungavel Castle n'est pas sa résidence principale, mais seulement un château de chasse. Douglas-Hamilton possède deux titres de duc et sa résidence principale est un palace grandiose qui reflète le rôle qu'il a joué en Grande-Bretagne.

Calomnie

Churchill était informé au mieux. Il savait qu'il était superflu d'interroger le duc comprit immédiatement qu'il s'agissait d'un prétexte quand ce dernier prétendit n'avoir jamais rencontré Hess, cet homme renié. Mais comme ce mensonge coïncidait parfaitement avec son plan, il décida de le transmettre à la presse. Ce fou de Hess se serait imaginé qu'il pouvait convaincre le duc, qu'il avait rencontré à Berlin lors des Jeux olympiques, de signer un accord de paix. Ce dernier ne se serait soi-disant pas du tout rappelé de cette rencontre, et lorsqu'eut lieu une confrontation avec Hess, il aurait affirmé ne l'avoir jamais vu.

Expropriation

Churchill avait fait comme s'il croyait le duc. Bien entendu, il ne s'agissait pas de laisser la faute impunie ; il fallait juste que la peine n'ait aucun lien avec cette affaire. De même, aucune lutte interne de pouvoir ne devait survenir en pleine guerre avec cette famille influente.

Ce n'est que des années plus tard, en 1947, qu'il fut exproprié de son château de chasse. On prétexta qu'il aurait pu devenir un lieu de pèlerinage des partisans nazis anglais. Cet exode fut difficile à accepter pour la famille, d'autant plus que bon nombre de leurs ancêtres avaient été enterrés dans le parc.

Une prison mal famée

Ce magnifique domaine fut transformé en une prison de la pire espèce. C'est dans cette dernière que les plus grands scandales eurent lieu. Et c'était voulu. Il fallait que la réputation de ce lieu soit complètement détruite.

Centre d'asile

Récemment, cela devint encore pire. Les demandeurs d'asile sur le point d'être expulsés y sont désormais détenus. Des manifestations et des contre-manifestations alternent constamment. Le bâtiment sera prochainement entièrement rasé.

James Douglas-Hamilton

Il s'agit de l'un des fils du duc. Il a écrit un livre que l'on peut acheter sur Amazon : *The Truth about Hess*. Je ne l'ai pas lu, mais je pense qu'il n'a rien apporté de nouveau. On l'a sûrement contraint à l'écrire pour confirmer la demi-vérité que tout le monde connaît.

Les documents relatant le vol de Hess étant gardés sous clé jusqu'en 2041, on suppose qu'il existe encore un secret dont la divulgation n'a pas été autorisée. Un mystère conservé pendant cent ans est quelque chose de tout à fait inhabituel.

George, duc de Kent (5.9)

Churchill savait que le plus jeune frère du roi était prédestiné à devenir le prochain chef du « gouvernement putschiste ». Édouard VIII, qui fut contraint à abdiquer, ne voyait aucune possibilité de rentrer en Angleterre depuis les Bahamas, où il était en exil. Il aurait été prêt à reprendre le titre de roi.

Lors de l'interrogatoire, George précisa qu'il se rendait souvent avec son camarade de vol au château de chasse, car la piste d'atterrissage leur permettait de se voir rapidement. En principe, son ami intime de l'époque, Noel Coward, était également présent.

Churchill était très satisfait de ce prétexte. Il semblait parfaitement plausible. Donc même ces « invités » n'étaient pas au courant que Hess allait arriver.

La peine

Cependant, la peine devait être très lourde car George, le chouchou du peuple, restait un adversaire à prendre au sérieux, malgré l'échec de sa prise de pouvoir. Les services secrets militaires MI5 trafiquèrent tout simplement les moteurs de son avion et, lorsqu'il fut appelé à s'engager dans le conflit avec ses huit camarades les plus proches, il dut traverser l'Atlantique et se rendre à Terre-Neuve. Peu après le décollage, le Short Sunderland s'écrasa et tous les passagers présents à bord moururent. Une panne, donc.

Veuve

Seulement huit semaines auparavant, sa femme, Marina de Grèce et de Danemark, avait mis au monde leur fils, encore vivant aujourd'hui. Après la mort de son mari, Churchill lui annonça qu'elle devait quitter le domicile. La résidence ne serait revenue au duc que parce qu'il était membre de la famille royale. Elle ne reçut plus aucun apanage annuel, ni pour elle ni pour ses enfants. À ces derniers il ne restait plus que leur appartenance à la famille royale.

George V

C'était l'aîné et le père de l'actuelle reine Elizabeth. Il eut pitié de la veuve de son plus jeune frère et de ses trois jeunes enfants et leur accorda quelques pièces au palais de Kensington. Il leur donna même de l'argent qu'il avait puisé de sa fortune personnelle pour que cette famille puisse subsister. En fait, Marina aurait dû recevoir une pension de veuve. « L'accident » eut lieu pendant une intervention militaire.

Location

Lorsque ses enfants attinrent l'âge adulte, mais avant qu'ils ne perçoivent des revenus, ils habitaient encore au palais de Kensington. Une demande fut alors déposée au parlement pour savoir s'ils participaient suffisamment aux frais d'entretien du palais. Certes, le palais en lui-même appartenait au roi, mais l'État participait aux frais d'entretien. Son « loyer » fut considéré trop bas. Ils durent payer un supplément pendant des années, en plus d'une pénalité. Comme ils ne pouvaient pas régler cette somme, Elizabeth II, devenue reine entre-temps, couvrit l'ensemble de leurs frais.

Éviction

On se demanda comment écarter Churchill. Devait-on l'envoyer en prison ou simplement le mettre en minorité au parlement ? L'atmosphère qui planait à Londres après la dernière grande attaque aérienne mettait tout le monde d'accord pour que cette guerre insensée et « inutile » prenne fin. De toute façon, personne ne croyait à une conquête de l'île par les Allemands, même si Churchill entretenait constamment un sentiment de peur en disant : « Combattez sur les plages, défendez vos maisons et vos jardins. » Mais quel avantage les Allemands tireraient-ils à occuper l'Angleterre ? Et à l'inverse, quel avantage auraient les Anglais à se battre contre les Allemands ? Cette guerre n'a été menée que dans l'intérêt de la haute finance des États-Unis, qui voulaient anéantir le puissant facteur économique qu'était l'Allemagne, en particulier son commerce extérieur qui ne s'est développé ni au Word Trade Center à New York, ni en dollars.

Volonté de paix

Le futur roi voulait soutenir les aspirations pacifistes du peuple et conclure la paix. Son ami, Noel Coward, voulait le soutenir dans ses efforts et préparer l'atmosphère de réconciliation avec sa chanson *Ne soyez pas si vilains avec les Allemands*. Elle commence par « Don't let's be beastly to the Germans ». Mais après la découverte de la conspiration, son contenu ne pouvait plus être toléré. Cette chanson se retrouva sur la liste des chansons interdites « List of songs banned by the BBC ! » et ne pouvait pas être passée en public.

Incompréhension

Au début, cette chanson était très populaire et appréciée. Churchill lui-même l'aimait tellement qu'il aurait exigé qu'elle soit rechantée plusieurs fois en live. Les Allemands y sont représentés comme étant des rats, « the rats ». À la dernière ligne, ce sont les « Huns », comme on les appelait officiellement. Dans les paroles, Beethoven et Bach sont littéralement, et sans ironie, décrits comme pires que des « nasty nazis ». Un peu comme Jack l'Éventreur ou Mack the Knife.

Réinterprétation

Cependant, lorsque Churchill apprit que Coward était prêt à mettre fin à la guerre contre l'Allemagne, il vit cette chanson sous un tout nouvel angle. La première ligne était devenue un scandale et une provocation, car il fallait en réalité la comprendre au sens propre. L'appel à ne pas être *beastly* avec les Allemands, donc ne pas être vilain, était à présent presque considéré comme de la haute trahison.

Noel Coward

L'artiste le plus populaire de Londres devait maintenant accepter que ses spectacles soient boycottés. Il n'obtint plus que des mauvaises critiques dans la presse et il ne fit plus aucune apparition sur scène. Il était devenu persona non grata.

Aujourd'hui, sa chanson n'est plus interdite officiellement, mais on ne la chante plus. Pour les Anglais, se comporter de manière négative envers les Allemands est devenue une seconde nature. Pour des raisons émotionnelles, il leur est, aujourd'hui encore, impossible de chanter : « Nous ne voulons pas être aussi vilain avec les Allemands. »

Performance

À contre-courant de l'esprit du temps, de l'ambiance générale, et probablement aussi du politiquement correct, Douglas se mit à chanter, accompagné au piano par Lizzy :

Don't let's be beastly to the Germans.

Paroles

Don't let's be beastly to the Germans
When our victory is ultimately won,
It was just those nasty Nazis who persuaded them to fight
And their Beethoven and Bach are really far worse than their
bite
Let's be meek to them
And turn the other cheek to them
And try to bring out their latent sense of fun.
Let's give them full air parity
And treat the rats with charity,
But don't let's be beastly to the Hun.

Et je dois dire qu'avec l'aperçu du contexte historique que nous avons eu, cette prestation fut pour nous un plaisir artistique tout particulier.

Service de livraison

On sonna pile au bon moment – un timing parfait. Le service de livraison venait nous apporter le souper.

Nous eûmes malheureusement quelques difficultés avec le cuisiner hongrois. Il voulait nous faire une soupe de goulasch aux poivrons ainsi que des crêpes fourrées aux myrtilles. Mais

Lizzy changea rapidement d'avis pour McDonald's. On se fit livrer sans problème des hamburgers, tout juste préparés dans une baraque située non loin de là. Le tout accompagné, pour les dames aussi, d'une Guinness.

Spéculation (5.10)

La fin du repas déboucha sur un débat : Qu'est-ce qui serait différent aujourd'hui si, à l'époque, la guerre avait été effectivement interrompue ?

L'Indonésie

Les Néerlandais seraient-ils encore en possession des merveilleuses îles de Sumatra, de Java, de Bali... ainsi que des Moluques ? À l'époque, les Japonais ne les avaient pas encore occupées. Pourtant, lorsque ces derniers durent se retirer en 1945, Sukarno ne laissa plus les anciens colonisateurs pénétrer dans le territoire. Les Pays-Bas étaient anéantis. Après le débarquement des alliés en Normandie et les combats sur leur territoire, les Néerlandais étaient si affaiblis qu'ils n'étaient plus en état d'obtenir leur retour par la force.

L'Indochine

Il en va de même pour le Vietnam, le Cambodge et le Laos. En 1941, l'Indochine appartenait encore aux Français, au régime de Vichy, qui accorda ensuite le droit aux Japonais d'occuper le pays. Ces derniers l'occupèrent jusqu'en 1945. Lorsque, cette même année, les Japonais durent se retirer, les autochtones ne souhaitaient plus retrouver les anciens colonisateurs français, ni même les Américains qui avaient manigancé un incident en août 1964 dans le golfe du Tonkin pour pouvoir envahir le Vietnam.

L'Inde

Gandhi avait déjà réussi à accorder à l'Inde une certaine autonomie, mais ce n'est qu'en 1947 que le pays fut pleinement souverain. Cette indépendance aurait de toute façon probablement eu lieu sans les actes de guerre commis entre fin 1941 et 1951, et certainement dans d'autres circonstances.

L'Afrique

Le Congo belge, le Kenya, la Rhodésie... tout commençait à s'effriter. Tous ces pays finirent par obtenir l'indépendance. Même le Sénégal, le Nigéria, le Cameroun... Cela mit plus de temps en Algérie. Ce pays était tellement important aux yeux de la France qu'il fut même déclaré comme faisant partie de la métropole, avec le droit de vote pour les Algériens.

Certitude

Seulement, tout ceci n'était que spéculation, et nous étions tous d'accord là-dessus. Ce qui était certain, c'est que six semaines après le vol de Hess démarrait l'opération Barbarossa, l'invasion de la Russie par Hitler. En revanche, ce qui est flou, c'est le rapport de cette attaque sans déclaration de guerre avec le vol de Hess. Était-elle de toute façon prévue ou a-t-elle été menée uniquement en raison de l'échec de l'action de Hess ?

Catastrophe

En tout cas, ce qui est certain, c'est que la décision d'attaquer la Russie a conduit au plus grand désastre de la Seconde Guerre mondiale, aux douleurs incommensurables du peuple russe, aux épreuves inhumaines que durent endurer les soldats allemands, ainsi qu'à ce que les juifs appellent la Shoah, ou l'Holocauste. Tout ceci commença avec l'invasion de la Russie.

Solution finale

Dans un discours de 1939, juste après la campagne de Pologne, Hitler a déclaré : « Si la haute finance juive de Wall Street entraîne le monde dans une Seconde Guerre mondiale comme elle l'a fait pour la Première, alors ce sera la fin, non pas du peuple allemand, mais du judaïsme en Europe. »

Il pensait que les réels détenteurs du pouvoir aux États-Unis étaient les grandes banques, donc Rothschild, Rockefeller, les frères Lehmann, Goldmann Sachs, Morgan-Stanley, Wartburg etc. Le fruit du hasard faisait qu'ils étaient tous juifs, et c'est pourquoi, pour Hitler, les juifs étaient les véritables ennemis de l'Empire allemand.

Le cas problématique de Hess

Il avait survécu au crash de son avion. Les parlementaires et les membres du gouvernement avaient le droit de savoir ce qu'il s'était réellement passé. Churchill ne parvint donc pas à empêcher l'ouverture d'une commission d'enquête.

Craintes

Il craignait fortement que, si les députés venaient à apprendre l'offre de paix d'Hitler, ils ne penchent vers un accord pacificateur. Il avait auparavant déjà fait tomber trois grandes initiatives sans communiquer leur contenu aux membres du gouvernement.

Pacelli

C'était l'ambassadeur du Vatican à Berlin. Il fut ensuite élu pape sous le nom de Pie XII. Churchill l'appelait toujours « Hitler's Pope ». Pacelli assura au gouvernement anglais qu'Hitler réhabiliterait le status quo ante à la fin de la guerre, à savoir que la France retrouverait ses anciennes frontières, à l'exception de l'Alsace-Lorraine qui devait rester allemande. Les anciennes frontières de la Pologne devaient elles aussi être rétablies. Seule la ville de Dantzig, dont les Allemands représentaient 98 % de la population, devait être gérée par Berlin et non plus par Varsovie. Cependant, Pacelli ne put rien promettre concernant le territoire polonais entre-temps occupé par les Russes.

Le roi de Suède

La Suède, qui était restée neutre dans le conflit qui opposait l'Angleterre à l'Allemagne, entreprit également un rôle de médiateur – sans succès.

Dahlerus, l'important homme d'affaires, mit en place une initiative autorisée par la grande industrie allemande, mais qui se solda également par un échec. Churchill avait déjoué toutes les tentatives de mettre fin à la guerre, car il avait promis à Roosevelt de créer les conditions pour aboutir à une grande guerre. Et bien entendu aussi parce qu'il était dépendant des aides financières que Baruch lui versait régulièrement.

Un appel téléphonique quotidien

Le contact quotidien qu'il entretenait avec Roosevelt dans ses « toilettes » aux War Rooms, et dont aucun des membres de son cabinet de guerre assis dans la salle de conférence voisine ne soupçonnait l'existence, lui permettait de recevoir ses instructions directement depuis le centre du pouvoir américain. Il savait que seul le puissant potentiel d'armement des États-Unis était capable de remporter cette guerre. Ce fut le cas dès lors que le souhait de paix du peuple américain fut brisée. Et cela se produisit à nouveau en 1941, six mois après le vol de Hess, à la grande joie de Churchill, lorsque les Japonais, sans raison apparente, attaquèrent Pearl Harbor.

Danger

Mais ce n'était pas encore terminé, car Hess devait toujours se présenter au comité d'enquête. Les détails de son plan de paix étaient susceptibles d'être révélés. Afin d'éviter cela, Churchill le fit droguer à une si forte dose qu'il se comporta comme un fou, perdit la mémoire et se mit à divaguer dans une langue incompréhensible.

Résultat

Le comité conclut qu'ils avaient devant eux un malade mental racontant des inepties, comme par exemple que l'Allemagne voulait retrouver ses colonies et qu'il n'avait jamais été chargé de négocier quoi que ce soit. Il se serait envolé pour Dungavel Castle de sa propre initiative, sans en avertir le Führer et sans s'être entendu avec Douglas-Hamilton, le tout sans aucun moyen pour s'orienter.

Adaptation

À Berlin, on accepta volontiers ce jugement car, au niveau politique, il était plus problématique d'avouer qu'une mission délicate à laquelle Hitler avait participé avait échouée que d'avouer qu'un ministre avait perdu la raison.

Lésions

Les stupéfiants que l'on avait administrés à Hess durèrent plusieurs jours et conduisirent à des lésions cérébrales chroniques. Des années après, lors du procès de Nuremberg, les répercussions étaient encore visibles : son regard fou, ses trous de mémoire, son comportement bizarre.

Des moments de lucidité

De temps à autre, Hess avait tout de même des moments de lucidité. L'apport de drogue n'était probablement pas constant. C'est d'ailleurs dans un moment de lucidité qu'il écrit au roi d'Angleterre.

Lettre adressée au roi

Il se plaignait que l'on avait ajouté des substances dans sa nourriture, entraînant ainsi une altération de sa conscience, et qu'il se retrouvait contraint de dire des choses qu'il ne pensait pas.

Examen scientifique

Cette lettre fut bel et bien remise à George VI qui ordonna une analyse psychiatrique. Les professeurs conclurent que ce soupçon était une autosuggestion faite par Hess et que ses accusations étaient sans fondement.

Expertise

Dans le même temps, on fit établir une expertise sur la valeur de la personnalité de Hess. Les scientifiques constatèrent qu'il était quelqu'un de puéril, pourvu d'un retard de développement. En outre, ils déclarèrent que ses capacités intellectuelles étaient extrêmement limitées et que l'on pouvait même parler de handicap mental.

Télédiagnostic

À cette occasion, on fit rapidement remarquer que son « chef », Adolf Hitler, était diagnosticable de la même façon. Ce que l'on avait toujours supposé était désormais écrit noir sur blanc et prouvé de manière tout à fait scientifique : parmi les grands responsables nazis, aucun n'était capable de compter jusqu'à trois. Enfin un résultat officiel.

Voyante

Selon la presse anglaise, Hess et Hitler avaient un petit détail en commun. Avant son départ, Hess se serait rendu chez une diseuse de bonne aventure pour lui demander quel était le moment idéal pour partir. Quant à Hitler, on prétend qu'il demandait conseil à une voyante avant chaque prise de décision. Moi, je ne le pense pas, mais c'est ce qui était écrit dans les journaux.

Après avoir fait assassiner le très talentueux Hanussen parce qu'il ne disait pas toujours ce que le Führer voulait entendre, et aussi parce qu'il était juif, Hitler dut finalement se contenter d'une voyante ordinaire.

Abracadabra

Avant la grande attaque de Londres, Hitler aurait consulté une voyante afin de lui demander quel moment était le plus opportun pour passer à l'action – et, tout à fait par hasard, celui-ci coïncida avec celui donné à Hess par sa voyante concernant son départ. Il est probable que cela fasse partie des rumeurs. Hitler aurait dit à sa voyante qu'il attaquerait la ville de Londres avec cinq cents avions.

Elle, en transe – when the moon is in the seventh house.

> Je vois cinq cents avions voler au-dessus de Londres.
> And Jupiter aligns with Mars
> Au-dessus de l'eau, au-dessus de la Manche
> Puis hocus pocus oh oh oh

Sa déclaration n'est pas extrêmement claire mais, visiblement, l'impression qu'elle eut sur lui nous fait penser que sa prédiction était un présage positif. Hitler aurait donné l'ordre d'intervenir peu après.

Conclusion

Hess était persuadé qu'après sa confrontation ratée avec les parlementaires, sa mission avait définitivement échoué. Il songea alors à se donner la mort. Il rédigea une lettre d'adieu et se jeta du haut d'un escalier. Sa chute ne fut pas mortelle, mais il fut grièvement blessé.

Lettre d'adieu

Il laissa une autre lettre d'adieu. Il avait demandé à ce que l'on écrive sur sa tombe « J'ai osé ». C'est le début d'un poème d'Ulrich von Hutten. De cette manière, il voulait dire qu'avec ce vol, il avait tout misé sur une seule carte et, par la même occasion, mis sa propre vie en jeu, mais qu'il ne l'avait pas regretté, même si son initiative avait échoué par trahison. En effet, il considérait qu'être fidèle à sa patrie et la sauver de l'anéantissement faisait partie de ses devoirs.

Ulrich von Hutten

J'ai osé faire cela en toute conscience,
Et je ne regrette rien,
Je n'ai pas pu gagner,
Mais fidèle il faut le rester.

Affaire classée

L'ensemble des documents et des protocoles concernant le cas Hess sont verrouillés jusqu'en 2041, soit cent ans après l'événement historique. C'est le délai le plus long qui existe pour un fait comme celui-ci. Il s'y cache sûrement quelque chose que l'opinion publique n'a toujours pas le droit de savoir.

Explication pratique

Toutes les informations compromettantes sur Churchill ont très certainement été détruites depuis longtemps déjà. Garder un casier vide sous clé sert sans doute simplement à ce que, si des documents ont été détruits, le scandale soit plus faible en 2041, car à ce moment-là, tout le monde aura oublié qui était Hess, sauf les historiens. Alors qu'aujourd'hui, vivent encore quelques personnes qui se souviennent du temps de la Seconde Guerre mondiale.

Remerciements

Houston clôtura cette soirée en remerciant Douglas et Lizzy. Il annonça que la prochaine soirée – c'était la sixième – serait consacrée à la campagne de Russie et qu'il y aurait là aussi une grande surprise.

Trompette

Jusqu'à présent, Lizzy s'était présentée à nous comme pianiste, mais jamais encore comme chanteuse. Pour clôturer cette soirée, elle voulait nous chanter l'une de ses chansons préférées, *Summertime* de Fitzgerald. Ce qui était encore plus étonnant, c'est que Douglas voulait l'accompagner à la trompette, comme quand Louis Armstrong avait accompagné Fitzgerald. Même ses meilleurs amis ignoraient qu'il jouait de la trompette en plus de la guitare et de la batterie. C'était un véritable génie de la musique.

Fin de la première partie